Невеста

契诃夫小说选集

A. ЧЕХОВ

新娘集

〔俄〕契诃夫 著

汝龙 译

人民文学出版社
PEOPLE'S LITERATURE PUBLISHING HOUSE

图书在版编目（CIP）数据

契诃夫小说选集. 新娘集/（俄罗斯）契诃夫著；汝龙译. —北京：人民文学出版社，2021
ISBN 978-7-02-012943-0

Ⅰ. ①契… Ⅱ. ①契…②汝… Ⅲ. ①短篇小说—小说集—俄罗斯—近代 Ⅳ. ①I512.44

中国版本图书馆 CIP 数据核字(2017)第 134199 号

策划编辑 张福生
责任编辑 李丹丹
装帧设计 刘 静
责任印制 王重艺

出版发行 人民文学出版社
社 址 北京市朝内大街 166 号
邮政编码 100705
网 址 http://www.rw-cn.com

印 刷 三河市博文印刷有限公司
经 销 全国新华书店等

字 数 81 千字
开 本 787 毫米×1092 毫米 1/32
印 张 6.625
印 数 1—3000
版 次 2021 年 4 月北京第 1 版
印 次 2021 年 4 月第 1 次印刷

书 号 978-7-02-012943-0
定 价 28.00 元

目　　次

新　　娘

一

这时候已经是晚上十点钟光景,一轮明月照着花园。在舒明家里,祖母玛尔法·米哈伊洛芙娜吩咐做的晚祷刚刚完事,娜佳到花园里去溜达一会儿,这时候她看见大厅里饭桌上正在摆小吃,祖母穿着华丽的绸衫在忙这样忙那样。安德烈神甫,大教堂的大司祭,正在跟娜佳的母亲尼娜·伊万诺芙娜谈一件什么事,这时候隔着窗子望过去,母亲在傍晚的灯光下,不知什么缘故,显得很年轻。安德烈神甫的儿子安德烈·安德烈伊奇站在一旁,注意地听着。

花园里安静,凉快,宁静的黑影躺在地上。人可以听见远处,很远的什么地方,大概是城外吧,有些青蛙呱呱的叫声。现在有五月的气息了,可爱的五月啊!你深深地呼吸着,热切地想着:眼下,不是在这儿,而是在别的什么地方,在天空底下,在树木上方,远在城外,在田野上,在树林里,春天的生活正在展开,神秘、美丽、丰富、神圣,那是软弱而犯罪的人所不能理解的。不知因为什么缘故,人恨不得哭一场才好。

她,娜佳,已经二十三岁了。她从十六岁起就热切地盼望着出嫁,现在她总算做了安德烈·安德烈伊奇的未婚妻,这个青年现在正站在窗子里面。她喜欢他,婚期已经定在七月七日,可是她并不高兴,夜里也睡不好,兴致提不起来……厨房是在地下室那一层,从敞开的窗子里,她听见人们忙忙碌碌,刀子叮当响着,安着滑轮的门砰砰地开关,那儿飘来烤鸡和醋渍樱桃的气味。不知什么缘故,她觉得整个生活似乎会永远像现在这样过下去,没有变化,没有尽头!

这时候有一个人从正房走出来,在门廊上站住。这人是亚历山大·季莫费伊奇,或者简单地叫做萨沙。他是大约十天前从莫斯科来到她们家里做客的。很久以前,祖母的一个远亲,贵族出身的穷寡妇玛丽亚·彼得罗芙娜,一个带着病容的、瘦小的女人,常到她们家来请求周济。她有个儿子名叫萨沙。不知什么缘故,大家都说他是出色的画家,等到他母亲去世,祖母为了拯救自己的灵魂就送他到莫斯科的科米萨罗夫斯基学校去念书。大约两年以后他转到一个绘画学校去,在那儿差不多念了十五年书才勉强在建筑系毕业。可是他仍旧没做建筑师,却在莫斯科的一个石印工厂里做事。他差不多每年夏天都到祖母这儿来,总是病得很重,以便休息调养一阵。

他现在穿着一件常礼服,扣上纽扣,下身穿一条旧帆布裤子,裤腿下面都磨破了。他的衬衫没熨过,周身上下有一种没精神的样子。他很瘦,眼睛大,手指头又长又瘦,留着胡子,黑脸膛,不过仍旧挺漂亮。他跟舒明家的人很熟,如同自己的亲人一样,他住在他们家里,觉得跟在自己家里似的。他每回来到这儿所住的那个房间,早就叫做萨沙的房间了。

他站在门廊上,看见娜佳,就走到她面前去。

“你们这儿真好。”他说。

“当然,挺好。您应当在这儿住到秋天再走。”

“是的,大概会这样的。也许我要在你们这儿住到九月间呢。”

他无缘无故地笑起来,在她身旁坐下。

“我正坐在这儿,瞧着妈妈,”娜佳说,“从这儿看过去,她显得那么年轻!当然,我妈妈有弱点,”她沉默了一会儿,补充说,“不过她仍旧是个不同寻常的女人。”

“是的,她很好……”萨沙同意道,“您的母亲,就她本人来说,当然是一个很善良很可爱的女人,可是……怎么跟您说好呢？今天一清早我偶然到你们家的厨房里去，在那儿我看见四个女仆干脆睡在地板上，没有床，被褥不像被褥，破破烂烂，臭烘烘，还有臭虫，蟑螂……这跟二十年前一模一样，一点变动也没有。哦，奶奶呢，求上帝保佑她，她毕竟是个老奶奶，不能怪她了。可是要知道，您母亲多半会讲法国话，还参加演出。想来，她总该明白的。"

萨沙讲话的时候，总要把两根瘦长的手指头伸到听话人的面前去。

"不知怎么这儿样样事情我都觉得奇怪，看不惯，"他接着说，"鬼才明白为什么，这儿的人什么事都不做。您母亲一天到晚走来走去，跟一位公爵夫人一样，奶奶也什么事都不做，您呢，也一样。您的未婚夫安德烈·安德烈伊奇也是什么事都不做。"

这种话娜佳去年就听过了，仿佛前年也听过。她知道萨沙一开口，总离不了这一套，从前这种话引得她发笑，可是现在不知什么缘故，她听着心烦了。

“这些话是老生常谈,我早就听厌了,”她说,站起来,“您应当想点比较新鲜的话来说才好。”

他笑了,也站起来,两个人一块儿朝正房走去。她又高又美,身材匀称,这时候挨着他,显得很健康,衣服也很漂亮。这一点她自己也体会到了,就替他难过,而且不知什么缘故觉得挺窘。

“您说了许多不必要的话,”她说,“喏,您方才谈到我的安德烈,可是要知道,您并不了解他。”

“我的安德烈……去他的吧,您的安德烈!我正在替您的青春惋惜呢。”

等到他们走进大厅,大家已经坐下来吃晚饭了。祖母,或者照这家人的称呼,老奶奶,长得很胖,相貌难看,生着两道浓眉,还有一点点唇髭,说话很响,凭她说话的声音和口气可以看出她在这儿是一家之长。她的财产包括集市上好几排的商店和这所有圆柱和花园的旧式房子,可是她每天早晨祷告,求上帝保佑她别受穷,一面祷告一面还流泪。她的儿媳,娜佳的母亲,尼娜·伊万诺芙娜，生着金黄色头发，腰身束得很紧，戴着夹鼻眼镜，每个手指头上都戴着钻石戒指。安德烈神甫是一个掉了牙齿的瘦老头子，看他脸上的表情，总仿佛要说什么很逗笑的话似的。他的儿子安德烈·安德烈伊奇，娜佳的未婚夫，是一个丰满而漂亮的青年，头发卷曲，样子像是演员或者画家。他们三个人正在谈催眠术。

“你在我这儿再住一个星期，身体就会养好了，”奶奶转过身对萨沙说，“只是务必要多吃一点。看你像个什么样儿！”她叹口气，“你那样儿真可怕！真的，你简直成了个浪子。”

“挥霍掉父亲所赠的资财以后，”安德烈神甫眼睛里带着笑意，慢吞吞地说，“就跟不通人性的牲口 块儿去过活了①……”

“我喜欢我的爹，”安德烈·安德烈伊奇说，摸摸

① 指《新约·路加福音》第15章所写的浪子故事。

他父亲的肩膀,“他是个非常好的老人。善良的老人。”

大家沉默了一阵。萨沙忽然笑起来,拿起餐巾捂住嘴。

“这么说来,您相信催眠术喽?”安德烈神甫问尼娜·伊万诺芙娜。

“当然,我也不能肯定说我相信,”尼娜·伊万诺芙娜回答,脸上做出很严肃的、甚至严厉的表情,“不过必须承认,自然界有许多神秘而无从理解的事情。”

“我完全同意您的话,不过我还得加一句:宗教信仰为我们大大地缩小了神秘的领域。”

一只很肥的大火鸡端上来。安德烈神甫和尼娜·伊万诺芙娜仍旧在谈下去。钻石在尼娜·伊万诺芙娜的手指头上发亮,后来眼泪在她眼睛里发亮,她激动起来了。

“虽然我不敢跟您争论,”她说,“不过您也会同意,生活里有那么多解答不了的谜!”

“我敢向您担保:一个也没有。”

吃过晚饭以后,安德烈·安德烈伊奇拉小提琴,尼娜·伊万诺芙娜弹钢琴为他伴奏。十年以前,他在大学的语文系毕了业,可是从来没在任何地方做过事,也没有固定的工作,只是偶尔应邀参加为慈善目的召开的音乐会。在城里大家都称他为艺术家。

安德烈·安德烈伊奇拉小提琴,大家默默地听着。桌子上,茶炊轻声地滚沸,只有萨沙一个人喝茶。后来,钟敲十二下,小提琴的一根弦忽然断了,大家笑起来,于是忙忙碌碌,开始告辞。

娜佳送未婚夫出门以后,走上楼去,回自己的房间,她和母亲住在楼上(楼下由祖母住着)。楼下,仆人把大厅里的灯熄了,萨沙却仍旧坐在那儿喝茶。他老是照莫斯科的风气喝很久的茶,一回要喝七杯。娜佳脱了衣服上床,很久还听见女仆在楼下打扫,奶奶发脾气。最后一切都安静了,只是偶尔听见萨沙在楼下自己的房间里用男低音不时咳嗽几声。

二

娜佳醒来的时候,大概是两点钟,天在亮起来。守夜人在远处什么地方打更。她不想睡了,床很软,躺着不舒服。娜佳在床上坐起来,想心事,跟过去那些五月里的夜晚一样。她的思想也跟昨天晚上一样,单调、不必要、缠着人不放,总是那一套:安德烈·安德烈伊奇怎样开始向她献殷勤,向她求婚,她怎样接受,后来她怎样渐渐地敬重这个善良而聪明的人。可是现在距离婚期只有一个月了,不知什么缘故,她却开始感到恐惧和不安,仿佛有一件什么不明不白的苦恼事在等着她似的。

"滴克搭克,滴克搭克……"守夜人懒洋洋地敲着,"滴克搭克……"

从旧式的大窗子望出去,她可以看见花园,稍远一点有茂盛的紫丁香花丛,那些花带着睡意,冻得软绵绵的。浓重的白雾缓缓地飘到紫丁香上面,想要盖没它。远处树上,带着睡意的白嘴鸦在呱呱地叫。

“我的上帝啊,为什么我这样苦恼!”

也许每个新娘在婚前都有这样的感觉吧。谁知道呢!要不然这是萨沙的影响?可是话说回来,接连几年来,萨沙一直在讲这样的话,好像背书一样,他讲起来总显得很天真,很古怪。可是为什么萨沙还是不肯离开她的头脑呢?为什么呢?

守夜人早已不打更了。窗子跟前和花园里,鸟儿吱吱地叫,花园里的雾不见了。四下里样样东西都给春天的阳光照亮,就跟被微笑照亮了一样。不久,整个花园被太阳照暖,让阳光爱抚着,苏醒过来,露珠跟钻石那样在叶子上放光,这个早已荒芜的老花园在这个早晨显得那么年轻,华丽。

奶奶已经醒了。萨沙粗声粗气地咳嗽起来。娜佳可以听见他们在楼下端来茶炊,搬动椅子。

时间过得很慢。娜佳早已起来,在花园里散步了很久,早晨却仍旧拖延着不肯过去。

后来尼娜·伊万诺芙娜带着泪痕斑斑的脸出现了,手里拿着一杯矿泉水。她对招魂术①和顺势疗法②很有兴趣,看很多的书,喜欢谈自己心里发生的怀疑。所有这些,依娜佳看来,似乎包含着深刻而神秘的意义。这时候,娜佳吻一吻她的母亲,跟她并排走着。

“您为什么哭了,妈妈?”她问。

“昨天晚上,我开始看一个中篇小说,那里面写一个老人和他的女儿。老人在一个什么机关办公,不料他的上司爱上了他的女儿。我还没看完,不过其中有一个地方看了叫人忍不住流泪。”尼娜·伊万诺芙娜说,喝一口杯子里的水,“今天早晨我想起来,就又哭了。”

---

① 一种迷信的法术,信奉者认为能把死人的灵魂招来进行笔谈。

② 某些药物大量用于健康人身上则能产生症状,和要用此种药来治的病的症状相似。用微量此种药物治疗疾病的方法即称顺势疗法。

"近些天来我心里那么不快活，"娜佳沉默了一会儿，说，"为什么我夜里睡不着觉？"

"我不知道，亲爱的。每逢我夜里睡不着觉，我就紧紧地闭上眼睛，喏，就照这个样儿，而且暗自想象安娜·卡列宁娜①怎样走路，讲话，或者暗自想象古代历史上的一件什么事情……"

娜佳觉得她母亲不了解她，而且也不可能了解。这还是她生平第一回有这样的感觉，她甚至害怕，想躲起来。她就走回自己的房间去了。

下午两点钟，他们坐下来吃午饭。那天是星期三，正是斋日，因此给祖母端上来的是素的红甜菜汤和鳊鱼粥。

为了跟奶奶逗着玩，萨沙又喝他的荤汤，又喝素甜菜汤。大家吃饭的时候，他却一直说笑话，可是他的笑话说得笨拙，一律含着教训，结果就完全不可笑了。每

① 托尔斯泰著《安娜·卡列宁娜》中的女主人公。

逢说俏皮话以前,他总要举起很瘦很长跟死人一样的手指头,因而使人想到他病得很重,也许在这个世界上活不久了,谁都会为他难过得想流泪。

饭后奶奶回到自己房间去休息。尼娜·伊万诺芙娜弹了一会儿钢琴,然后也走了。

“啊,亲爱的娜佳,”萨沙开始了照例的午饭后的闲谈,“您要听我的话才好! 您要听我的话才好!”

她坐在一张旧式的圈椅上,背往后靠着,闭上眼睛。他就在房间里慢慢走着,从这头走到那头。

“您要出去念书才好!”他说,“只有受过教育的、神圣的人才是有趣味的人,也只有他们才是社会所需要的。要知道,这样的人越多,天国来到人间也就越快。到那时候,你们这城里就渐渐不会有一块石头留下,一切都会翻个身,一切都会变样,仿佛施了什么魔法似的。到那时候,这儿就会有极其富丽堂皇的大厦、神奇的花园、美妙的喷泉、优秀的人……可是这还算不得顶重要。顶重要的是我们所谓的群众,照现在那样生活着的群众，这种恶劣现象，到那时候就不再存在，因为人人都会有信仰，人人都会知道自己为什么活着，再也不会有人到群众里面去寻求支持。亲爱的，好姑娘，走吧！告诉他们大家：您厌倦了这种一潭死水的、灰色的、有罪的生活。至少您自己要明白这层道理才对！”

“办不到，萨沙。我就要结婚了。”

“唉，得了吧！这种事对谁有必要呢？”

他们走进花园，溜达了一会儿。

“不管怎样吧，我亲爱的，您得想一想，您得明白，你们这种游手好闲的生活是多么不干净，多么不道德，”萨沙接着说，“您得明白，比方说，要是您，您的母亲，您的奶奶，什么事也不做，那就是说别人在为你们工作，你们在吞吃别人的生命，难道这样干净吗，不肮脏吗？”

娜佳想说：“不错，这话是实在的。”她还想说她自己也明白，可是眼泪涌上她的眼眶，她忽然不再作声，整个心发紧，就回到自己房间里去了。

将近傍晚，安德烈·安德烈伊奇来了，照例拉了很久的小提琴。他总是不爱讲话，喜欢拉小提琴，也许因为一拉小提琴，就可以不用讲话吧。到十一点钟，他已经穿好大衣，要告辞回家去了，却搂住娜佳，开始贪婪地吻她的脸、肩膀、手。

“宝贝儿，我心爱的，我的美人儿！……”他喃喃地说着，“啊，我多么幸福！我快活得神魂颠倒了！”

她却觉得这种话很久很久以前就听过，或者在什么地方……在小说里，在一本早已丢掉的、破破烂烂的旧小说里读到过似的。

萨沙坐在大厅里的桌子旁边喝茶，用他那五根长手指头托着茶碟。奶奶摆纸牌卦，尼娜·伊万诺芙娜在看书。圣像前面的油灯里，火苗劈劈啪啪地爆响，仿佛一切都安静平顺似的。娜佳道了晚安，走上楼去，回到自己的房间，躺下，马上就睡着了。可是如同前一天夜里一样，天刚刚亮，她就醒了。她睡不着，心神不宁，苦恼。她坐起来，把头抵在膝盖上，想到她的未婚夫，想到她的婚礼……不知什么缘故，她想起母亲并不爱她那已经去世的丈夫，现在她一无所有，完全靠她婆婆，也就是奶奶过活。娜佳思前想后，怎么也想不出在这以前为什么会认为妈妈有什么特别的、不平常的地方，怎么会一直没有发现她其实是个普通的、平凡的、不幸的女人。

楼下，萨沙也没睡着，她可以听见他在咳嗽。娜佳想，他是个古怪而天真的人，在他的幻想中，所有那些神奇的花园和美妙的喷泉，都使人觉着有点荒唐。可是不知什么缘故，他那天真，甚至那种荒唐，却又有那么多美丽的地方，只要她一想到要不要出外求学，就有一股凉气沁透她整个的心和整个胸膛，给它们灌满欢欣和快乐的感觉。

“不过，还是不想的好，还是不想的好……”她小声说，“我不应该想这些。”

“滴克搭克……”守夜人在远远的什么地方打更，

"滴克搭克……滴克搭克……"

三

六月中,萨沙忽然觉得烦闷无聊,准备回莫斯科去了。

"在这个城里我住不下去,"他阴沉地说,"没有自来水,也没有下水道!我一吃饭就腻味:厨房里脏得不像话……"

"再等一等吧,浪子!"不知什么缘故,奶奶小声劝道,"婚期就在七号啊!"

"我不想再等了。"

"可是你本来打算在我们这儿住到九月间的!"

"不过现在,您看,我不想住下去了。我要工作!"

正巧这年夏天潮湿而阴冷,树木湿漉漉的,花园里样样东西都显得阴沉沉的,垂头丧气,这也实在使得人想要工作。楼下和楼上的房间里响起一些陌生女人说话的声音，奶奶的房间里有达达达的缝纫机声音，这是她们在赶做嫁妆。光是皮大衣，就给娜佳做了六件，其中顶便宜的一件，照奶奶说来，也要值三百卢布！这种忙乱惹得萨沙不痛快，他坐在自己的房间里生闷气，可是大家仍旧劝他留下，他就答应七月一日以前不走了。

时间过得很快。在圣彼得节[①]那天吃过午饭以后，安德烈·安德烈伊奇跟娜佳一块儿到莫斯科街去再看一回早已租下来、准备给年轻夫妇居住的那所房子。那所房子有两层楼，可是至今只有楼上刚装修好。大厅铺着亮晃晃的地板，漆成细木精镶的样子，有几把维也纳式的椅子、一架钢琴、一个小提琴乐谱架。屋里有油漆的气味。墙上挂着一张大油画，装在金边框子里，画的是一个裸体的女人，她身旁有一个断了柄的淡紫色花瓶。

“好一幅美妙的画儿，”安德烈·安德烈伊奇说，

① 基督教的节日，在6月29日。

出于尊敬叹了一口气，“这是画家希什马切夫斯基的作品。”

旁边是客厅，摆着一张圆桌子，一张长沙发，几把套着鲜蓝色布套的圈椅。长沙发的上方挂着一张安德烈神甫的大照片，戴着法冠，佩着勋章。然后他们走进饭厅，那儿摆着一个餐具柜，随后走进寝室。这儿光线暗淡，并排放着两张床，看上去好像在布置寝室的时候，认定将来这儿永远很美满，不会有别的情形似的。安德烈·安德烈伊奇领着娜佳走遍各个房间，始终用胳膊搂着她的腰。她呢，觉着衰弱，惭愧，痛恨所有这些房间、床铺、圈椅，那个裸体女人惹得她恶心。她已经明明白白地觉得她不再爱安德烈·安德烈伊奇了，也许从来就没有爱过，可是这句话怎么说出口，对谁去说，而且说了以后要怎么样，她都不明白，而且也没法明白，虽然她整天整夜地在想着这件事……他搂着她的腰，谈得那么热情，那么谦虚，他在自己的住所里走来走去，显得那么幸福。她呢，在一切东西里，却只看见庸俗,愚蠢的、纯粹的、叫人受不了的庸俗。他那搂着她腰的胳膊,她也觉得又硬又凉,跟铁箍一样。她随时都想跑掉,痛哭一场,从窗口跳出去。安德烈·安德烈伊奇领她走进浴室,在这儿他碰了碰一个安在墙上的水龙头,水立刻流出来了。

“怎么样?”他说,放声大笑,“我叫人在阁楼上装了一个水箱,可以盛一百桶水,喏,我们现在就有水用了。”

他们穿过院子,然后走到街上,雇了一辆出租马车。尘土像浓重的乌云似的飞扬起来,好像天就要下雨了。

“你不冷吗?”安德烈·安德烈伊奇说,尘土吹得他眯缝着眼睛。

她没答话。

“你记得,昨天萨沙责备我什么事也不做,”沉默一阵以后,他说,“嗯,他的话很对,对极了!我什么事也不做,而且也做不了。我亲爱的,这是什么缘故?就联想到将来有一天，我也许会在额头上戴一枚帽章，去办公，我都会觉着那么厌恶，这是为什么？为什么我一看见律师，或者拉丁语教师，或者市参议会委员，我就觉着那么不自在？啊，俄罗斯母亲！啊，俄罗斯母亲，你至今还驮着多少游手好闲的、毫无益处的人啊！有多少像我这样的人压在你身上啊，受尽痛苦的母亲！”

他对他什么事不做这一点，得出一个概括的结论，认为这是时代的特征。

“等我们结了婚，”他接着说，“那我们就一块儿到乡下去，我亲爱的，我们要在那儿工作！我们给自己买下不大的一块土地，外带一座花园，一条河，我们要劳动，观察生活……啊，那会多么好！”

他脱掉帽子，头发让风吹得飘扬起来。她呢，听着他讲话，暗自想着：“上帝啊，我要回家！上帝啊！”他们快要到家的时候，车子追上了安德烈神甫的车子。

“瞧，我父亲来了！”安德烈·安德烈伊奇高兴地说，挥动帽子，“真的，我爱我的爹，”他一面给车钱，一面说,“他是个非常好的老人。善良的老人。”

娜佳走进家里,心里觉着气愤,身子也不舒服,心想:整个傍晚会有客人来,她得招待他们,得赔着笑脸,得听小提琴,得听各式各样的废话,而且一味地谈婚礼。奶奶坐在茶炊旁边,穿着绸衫,又华丽又神气,她在客人面前好像总是那么傲慢。安德烈神甫带着他那调皮的笑容走进来。

“看见您玉体安康,十分快慰。”他对奶奶说,很难弄明白他是在开玩笑呢,还是在认真地说这句话。

四

风敲打着窗子,敲打着房顶。呼啸声响起来,家神在火炉里哀伤忧闷地哼他的歌。这时候是夜里十二点多钟。一家人都上床睡了,可是谁也没睡着,娜佳时时刻刻觉着仿佛楼下有人在拉小提琴似的。忽然砰的一声响,大概是一扇护窗板刮掉了。一分钟以后,尼娜·

伊万诺芙娜走进来，只穿着衬衫，手里举着一支蜡烛。

“这是什么东西砰的一响，娜佳？”她问。

她母亲，头发梳成一根辫子，脸上现出胆怯的笑容，在这暴风雨的夜晚她显得老了，丑了，矮了。娜佳回想前不久她还认为母亲是个不平常的女人，带着自豪的心情听她讲话，现在她却怎么也想不起那些话了，她所能想起的话都那么软弱无力，不必要。

火炉里传出好几个男低音的歌唱，甚至仿佛听见：“唉，唉，我的上帝！”娜佳坐在床上，忽然使劲抓住头发，痛哭起来。

“妈妈，妈妈，”她说，“我的亲妈，要是你知道我出了什么样的事就好了！我求求你，我央告你，让我走吧！我求求你了！”

“到哪儿去？”尼娜·伊万诺芙娜不明白是怎么回事，在床边坐下来，问道，“要到哪儿去？”

娜佳哭了很久，一句话也说不出来。

“让我离开这个城吧！”最后她说，“不应该举行婚礼，也不会举行婚礼了，你要明白才好！我不爱这个人……就连谈一谈这个人，我都办不到。”

“不，我的宝贝儿，不，”尼娜·伊万诺芙娜赶快说，吓慌了，“你镇静一下，这是因为你心绪不好。这会过去的。这种事常有。多半你跟安德烈拌嘴了吧，可是小两口吵架，只不过是打哈哈呢。”

“得了，你走吧，妈妈，你走吧。”娜佳痛哭起来。

“是啊，”尼娜·伊万诺芙娜沉默了一会儿，说，“不久以前你还是个孩子，是个小姑娘，可是现在已经要做新娘了。自然界是经常新陈代谢的。你自己也没留意，就会变成母亲，变成老太婆的，你也会跟我一样有这么一个倔脾气的女儿。”

“我亲爱的好妈妈，你要知道，你聪明，你不幸，”娜佳说，“你很不幸，那你为什么要说这些庸俗的话呢？看在上帝面上告诉我，为什么呢？”

尼娜·伊万诺芙娜想要说话，可是一句话也说不出来，哽咽了一声，回到自己的房间去了。那些男低音又在炉子里哼起来,忽然变得很可怕。娜佳跳下床来,连忙跑到母亲那儿去。尼娜·伊万诺芙娜,泪痕满面,躺在床上,盖着浅蓝色的被子,手里拿着一本书。

“妈妈,你听我说!”娜佳说,“我求求你,好好想一想,你就会明白了!你只要明白我们的生活多么琐碎无聊,多么有失尊严就好了。我的眼睛睁开了,现在我全看明白了。你那个安德烈·安德烈伊奇是个什么样的人?要知道,他并不聪明,妈妈!主啊,我的上帝!你要明白,妈妈,他愚蠢!”

尼娜·伊万诺芙娜猛的坐起来。

“你和你的祖母都折磨我!”她说,哽咽一声,“我要生活!生活!”她反复说着,两次举起拳头捶胸口,“给我自由!我还年轻,我要生活,你们却把我磨成了老太婆!……”

她哀哀地哭起来,躺下去,在被子底下蜷起身子,显得那么弱小,那么可怜,那么愚蠢。娜佳走回自己的房间,穿好衣服,靠窗口坐下,静等天亮。她通宵坐着,想心事，外面不知什么人老是敲打护窗板，发出呼啸声。

到早晨，奶奶抱怨说，一夜之间风吹掉了花园里所有的苹果，吹断一棵老李树。天色灰蒙蒙，阴惨惨，凄凉，使人想点起灯来。人人抱怨冷，雨抽打着窗子。喝完茶以后，娜佳走进萨沙的房间，一句话也没说，就在墙角一把圈椅前面跪下来，双手蒙住脸。

“怎么了？”萨沙问。

“我忍不下去了……”她说，“以前我怎么能一直在这儿生活下来的，我真不懂，我想不通！现在我看不起我的未婚夫，看不起我自己，看不起整个这种游手好闲、没有意义的生活。”

“得了，得了……”萨沙说，还没听懂这是怎么回事，“还没什么……这挺好。”

“我讨厌这种生活了，”娜佳接着说，“我在这儿连一天也过不下去了。明天我就离开这儿。看在上帝面上，带我一块儿走吧！”

萨沙惊愕地瞧了她一分钟。临了,他明白过来了,高兴得跟小孩一样。他挥舞胳膊,鞋踏起拍子来,仿佛高兴得在跳舞似的。

“妙极了!”他说,搓一搓手,“上帝啊,这多么好!”

她抬起充满爱慕的大眼睛一眨也不眨地瞧着他,仿佛中了魔似的,等着他马上对她说出什么精辟的、有无限重大意义的话来。他还什么话也没跟她讲,可是她已经觉着她的面前展开了一种新的、广大的、这以前她一直不知道的东西,她已经充满期望地凝神望着它,做了一切准备,甚至不惜一死了。

“我明天走,”他想了一想,说,“您到车站来送我好了……我把您的行李装在我的皮箱里面,我替您买好车票。等到第三遍铃响,您就上车,我们就走了。您把我送到莫斯科,然后您一个人到彼得堡去。您有身份证吗?”

“有。”

“我向您发誓,您不会后悔,不会遗憾的,”萨沙热情地说,“您走吧,您去念书吧,然后听凭命运把您带到什么地方去。您把您的生活翻转过来,那就一切都会改变了。主要的是把生活翻转过来,其余的一切都不关紧要。那么明天我们真走了?”

“噢,是啊!看在上帝分上吧!”

娜佳觉得很激动,心头从来没有这么沉重过,觉得她一定会在痛苦中,在苦恼的思索里打发掉她行前的这一段时间,可是她刚刚走上楼去,回到自己的房间,在床上躺下,就立刻睡着了,脸上带着泪痕和笑容,沉酣地一直睡到傍晚。

五

出租马车雇来了。娜佳已经戴上帽子,穿好大衣,这时候就走上楼去再看一眼她的母亲,再看一下她所有的东西。她在自己的房间里挨着那张仍有余温的床站着,往四下里瞧一遍,然后轻轻地走到她母亲的房间里去。尼娜·伊万诺芙娜在睡觉,房间里很静。娜佳吻了吻她的母亲,理一理她的头发,站了两分钟光景……然后她不慌不忙地走下楼去。

外面雨下得很大。出租马车支起车篷停在门口,上下都淋湿了。

"车上坐了他,就没有你的位子了,娜佳,"祖母说,这时候女佣人开始把手提箱搬上车去,"遇到这种天气还要去给他送行,这是何苦!你还是待在家里的好。瞧,雨下得好大!"

娜佳想要说一句什么话,可是说不出来。这时候萨沙扶娜佳上车,用毯子盖好她的腿。然后在她的旁边坐下。

"一路平安!求上帝赐福给你!"祖母站在台阶上喊道,"你,萨莎,到了莫斯科要给我们写信来啊!"

"好,再见,奶奶!"

"求圣母保佑你!"

"唉,这天气!"萨沙说。

直到这时候,娜佳才哭起来。现在她才明白她确实走定了,先前她对奶奶告辞,她瞧着母亲的时候,还不相信真正会走。别了,这个城!她忽然想起一切:安德烈啊,他的父亲啊,新房子啊,裸体女人和花瓶啊,所有这些东西不再惊吓她,也不再压着她的心,却显得幼稚渺小,不住地往后退,越退越远。等到他们在车厢里坐定,火车开动,那整个极其巨大严肃的过去,就缩成了一小团,同时这以前她不大留意的那个广大宽阔的未来,却铺展开来。雨点抽打车窗,从窗子里望出去只看见碧绿的田野,电线杆子和电线上的鸟儿纷纷闪过去。欢乐忽然使她透不出气来:她想起她在走向自由,去念书,这就跟许多年前大家所说的"出外做自由的哥萨克"一样。一时间,她又笑,又哭,又祷告。

"没关系,"萨沙得意地微笑着说,"没关系!"

六

秋天过去了,冬天跟着也过去了。娜佳已经非常想家,天天惦记母亲和祖母。她也想念萨沙。家里的来信,口气平静,和善,仿佛一切已经得到原谅,被人忘掉了似的。五月间,考试完结以后,她动身回家去,身体很好,兴致很高,她中途在莫斯科下车,去看萨沙。他跟去年夏天一模一样,仍旧一脸的胡子,一头散乱的头发,仍旧穿着那件常礼服和帆布裤子,眼睛也仍旧又大又美,可是他的外表看上去不健康,疲惫不堪,他又老又瘦,不断地咳嗽。不知什么缘故,娜佳觉得他又灰色又土气。

"我的上帝啊,娜佳来了!"他说,快活地笑起来,"我的亲人,好姑娘!"

他们在石印工厂里坐了一会儿,那儿满是纸烟的气味,油墨和颜料的气味,浓得闷人。后来他们到他的房间里去,那儿也有烟气和痰的气味。桌上,在一个冰冷的茶炊旁边摆着一个破碟子,上面盖着一小块黑纸,桌上和地板上有许多死苍蝇。处处都表现萨沙把自己的私生活安排得马马虎虎,随遇而安,十分看不起舒适。要是谁跟他谈起他的个人幸福,谈起他的私生活,谈起对他的热爱,他就会一点也不了解,反倒笑起来。

"挺好,样样事情都顺当,"娜佳匆匆忙忙地说,"去年秋天,妈妈到彼得堡来看过我。她说奶奶没生气,只是常常走进我的房间,在墙上画十字。"

萨沙显得很高兴,可是不断地咳嗽,讲起话来声音嘶哑。娜佳一直仔细瞧着他,不能够断定究竟他真的病得很重呢,还是只不过她觉得如此。

"萨沙,我亲爱的,"她说,"要知道,您病了!"

"不,挺好。病是有病,可是不很重……"

"唉,我的上帝!"娜佳激动地叫道,"为什么您不去看病?为什么您不保重您的身体?我宝贵的,亲爱的萨沙。"她说,眼泪从她眼睛里流出来,而且不知什么缘故，在她的想象里浮起来安德烈·安德烈伊奇、那裸体女人和花瓶、现在显得跟童年一样遥远的她那整个过去。她哭起来，因为在她眼里，萨沙不再像去年那么新奇、有见识、有趣了，“亲爱的萨沙，您病得很重很重了。我不知道该做些什么事才能够让您不这么苍白，消瘦。我欠着您那么多的情！您再也想不出来您帮了我多大的忙，我的好萨沙！实际上，您现在是我顶亲切顶贴近的人了。”

他们坐着谈了一阵话。现在，娜佳在彼得堡过了整整一个冬天以后，萨沙，他的话语、他的微笑、他的整个体态，在她看来，成了一种过时的、旧式的、早已活到头、或许已经埋进坟墓里的东西了。

“后天我就要到伏尔加河去旅行，”萨沙说，“喏，然后去喝马乳酒①。我很想喝马乳酒。有一个朋友和他的太太跟我一块儿走。他太太是个了不起的人，我

① 马乳酒有医疗肺结核的功效。

老是怂恿她，劝她出外念书。我要她把她的生活翻转过来。”

他们谈了一阵，就坐车到车站去。萨沙请她喝茶，吃苹果。火车开动了，他向她微笑，挥动手绢，就是从他的腿也看得出来他病得很重，未必会活得很久了。

中午娜佳到了她家乡的那座城。她从车站坐着马车回家，觉着街道很宽，房子又小又扁，街上没有人，她只遇见那个穿着棕色大衣的、德国籍的钢琴调音技师。所有的房子都好像盖满了灰尘。祖母已经十分苍老，仍旧肥胖、相貌难看，她伸出胳膊搂住娜佳，把脸放在娜佳的肩膀上，哭了很久，不能分开。尼娜·伊万诺芙娜也老多了，丑多了，仿佛周身消瘦了，可是仍旧像以前那样束紧腰身，钻石戒指仍在她手指头上发亮。

“我的宝贝儿！”她说，周身发抖，“我的宝贝儿！”

然后她们坐下来，哭着，说不出话来。看得出来，祖母和母亲分明体会到过去已经完了，从此不会回来了：她们在社会上已经没有地位，没有从前那样的荣耀，也没有权利请客了，这就如同在轻松的、无忧无虑的生活中，半夜里忽然跑进警察来，大搜一通，原来这家的主人盗用公款或者铸造伪币，于是那轻松的、无忧无虑的生活从此完结了一样！

娜佳走上楼去，看见先前那张床，先前那些挂着素白窗帘的窗子，窗外也仍旧是那个花园，浸沉在阳光里面，充满欢乐，鸟语声喧。她摸一摸自己的桌子，坐下来，思索着。她吃了一顿好饭，喝茶时候吃了些可口的、油腻的鲜奶油。可是总好像缺了点什么，使人觉着房间里空荡荡，天花板低矮。傍晚，她上床睡觉，盖好被子，不知什么缘故，她觉着躺在这暖和的、很软的床上有点可笑。

尼娜·伊万诺芙娜走进来待了一会儿，她坐下，就跟有罪的人一样，畏畏缩缩，小心谨慎。

"嗯，怎么样，娜佳？"她停了一停，问道，"你满意吗？完全满意吗？"

"满意，妈妈。"

尼娜·伊万诺芙娜站起来，在娜佳的身上和窗子上画十字。

“你看得明白，我开始信教了，”她说，“你要知道，现在我在研究哲学，我老是想啊想的……现在有许多事情在我已经变得跟白昼一样豁亮了。首先我觉着整个生活应当如同透过三棱镜那样地度过去。”

“告诉我，妈妈，祖母的身体怎么样？”

“她好像挺好。那回你跟萨沙一块儿走后，你打来了电报，祖母看完电报，当场就晕倒了。她躺在床上一连三天没动弹。这以后她老是祷告上帝，老是哭。可是现在她好了。”

她站起来，在房间里走来走去。

“滴克搭克……”守夜人打更，“滴克搭克，滴克搭克……”

“首先，整个生活应当如同透过三棱镜那样度过去，”她说，“换句话说，那就是，在我们的意识里，生活应当分析成最单纯的因素，就跟分成七种原色一样，每个因素都得分别加以研究。”

尼娜·伊万诺芙娜后来又说了些什么，什么时候走的，娜佳都没听见，因为她很快就睡着了。

五月过去，六月来了。娜佳在家里已经住惯。祖母忙着张罗茶炊，深深地叹气。每到傍晚，尼娜·伊万诺芙娜就讲她的哲学，她仍旧像食客那样住在这所房子里，哪怕花一个小钱也要向祖母要。家里有许多苍蝇，房间里的天花板好像越来越低了。祖母和尼娜·伊万诺芙娜不出门上街，因为害怕遇见安德烈神甫和安德烈·安德烈伊奇。娜佳在花园里和街道上溜达，瞧那些房屋和灰色的围墙，她觉得这城里样样东西都早已老了，过时了，只不过在等着结束，或者在等着一种年轻的、新鲜的东西开始罢了。啊，只求那种光明的新生活快点来才好，到那时候人就可以勇敢而直率地面对自己的命运，觉着自己对，心情愉快，自由自在！这样的生活早晚会来！眼前，虽然奶奶的家里搞成这样：四个女仆没有别的地方可住，只能挤在一个房间里,住在地下室里,住在肮脏的地方,可是总有一天,那个时代一到来,这所房子就会片瓦无存,被人忘掉,谁也想不起它来……给娜佳解闷的只有邻居院里几个顽皮的男孩。她在花园里走来走去的时候,他们敲着篱墙,笑着讥诮她说:

"新娘哟!新娘哟!"

萨沙从萨拉托夫①寄来一封信。他用快活而歪歪扭扭的笔迹写道,他在伏尔加河的旅行十分圆满,可是他在萨拉托夫害了点小病,喉咙哑了,已经在医院里躺了两个星期。她知道这是怎么回事,她的心里充满一种近似信念的兆头。她感到不愉快,因为不管这兆头也好,想到萨沙也好,都不像从前那样激动了。她热切地要生活,要回彼得堡。她和萨沙的交往固然是亲切的,可是毕竟遥远了,遥远地过去了!她通宵没睡,早晨坐在窗口,听着。她也真听见了楼下的说话声音,惊

① 欧俄东部伏尔加河流域的一个城名。

慌不安的祖母正在着急地问一件什么事。随后有人哭起来……等到娜佳走下楼去,祖母正站在墙角,在圣像面前祷告,满脸泪痕。桌子上放着一封电报。

娜佳在房间里来来去去走了很久,听着祖母哭,然后拿起电报读了一遍。电报上通知说亚历山大·季莫费伊奇,或者,简单一点,萨沙,昨天早晨已经在萨拉托夫害肺痨病去世了。

祖母和尼娜·伊万诺芙娜到教堂去布置安魂祭,娜佳呢,仍旧在房间里走了很久,思索着。她看得很清楚:她的生活已经照萨沙所希望的那样翻转过来,现在她在这儿变得孤单,生疏,谁也不需要她,这儿的一切她也不需要,整个的过去已经跟她割断,消灭,好像已经烧掉,连灰烬也给风吹散了似的。她走进萨沙的房间,在那儿站了一会儿。

"别了,亲爱的萨沙!"她想,这时在她面前现出一种宽广辽阔的新生活,那种生活虽然还朦朦胧胧,充满神秘,却在吸引她,召唤她。

她走上楼去，回到自己的房间里收拾行李，第二天早晨向家人告辞，生气蓬勃、满心快活地离开了这个城，她觉得，她从此再也不会回来了。

在理发店里

早晨。还不到七点钟，玛卡尔·库兹米奇·勃列斯特金的理发店就已经开门了。店主人是个小伙子，年纪二十三岁上下，没有漱洗，肮里肮脏，然而装束却是入时的。他着手打扫。其实这个地方没有什么可打扫的，他却干得出汗了。他在这儿用抹布擦一下，在那儿用手指头挖一下，在另一处又找到个臭虫，把它从墙上拂落下来。

理发店又小又窄，有点不干净。墙壁是用圆木垒成的，上面糊着壁纸，像是马车夫褪色的衬衫。墙上有两扇窗子,窗玻璃不透亮,淌着泪水。两个窗子中间有一扇小房门,门板很薄,开关的时候嘎吱地响,显得那么虚弱。房门上方拴着小铃,被潮气侵蚀得颜色发绿,往往无缘无故,自己就颤抖起来,发出病态的丁零丁零声。一堵墙上挂着镜子,您照照那面镜子吧,它会用最无情的方式把您的相貌往四下里扯歪!大家就是对着这面镜子理发和刮脸的。旁边有张小桌子,也像玛卡尔·库兹米奇本人那样没有清洗,肮里肮脏。桌上放着各种东西,梳子啦,剪刀啦,剃刀啦,价钱便宜的扑粉啦,价钱便宜而且掺了很多水的花露水啦,应有尽有。其实,整个理发店合起来,也不过值五枚三戈比铜币而已。

这时候,房门上方,病态的小铃发出尖叫声。一个上了年纪的男人走进理发店里来,身上穿着熟皮的短皮袄,脚上蹬着毡靴。他头上和脖子上围着一条女人的披巾。

这个人是艾拉斯特·伊凡内奇·亚果多夫,玛卡尔·库兹米奇的教父。从前他在宗教法院里做过看守人，现在住在红池附近，干钳工的活。

“玛卡鲁希卡，你好，我的亲人！”他对专心打扫的玛卡尔·库兹米奇说。

他们接吻。亚果多夫拿掉头上的披巾，在胸前画个十字，坐下来。

“路好远啊！”他说，呼哧呼哧地喘气，“这是闹着玩的吗？从红池一直要走到卡卢加门呢。”

“您近来好吗？”

“不好，孩子。我得过一场热病。”

“您说什么？热病！”

“热病。我躺了一个月，心想我要死了。我就受了临终涂油礼。现在头发倒又长出来了。大夫叫我理发。他说还会生出新头发，很硬的头发呢。我心里可就寻思了：我到玛卡尔那儿去一趟吧。与其去找别人，还不如找亲人的好。亲人又理得好，又不要钱。路略微远了点，这是实情，不过话说回来，这又有什么关系呢？只当是出来遛个弯吧。”

“遵命。请！”

玛卡尔·库兹米奇把脚跟并拢①，指一指椅子。亚果多夫就坐下，照着镜子，看来对镜子里那副面容倒很满意：镜子里现出一张歪脸，两片卡尔梅克人②的嘴唇，一个扁扁的宽鼻子，两只眼睛移到脑门上去了。玛卡尔·库兹米奇拿过带黄色污斑的白床单来披在顾客的肩膀上，开始用剪子咔嚓咔嚓地剪头发。

“我给您剪得光光的，准保露出头皮来！”他说。

“那个自然。要把我剪得像个鞑靼人③才好，像炮弹壳才好。那样头发才会长得密实些。”

“大妈近来可好？”

“还可以，马马虎虎。前些日子她给少校太太接生过。他们给了她一个卢布。”

---

① 表示敬礼。

② 俄罗斯联邦的一个少数民族，一般是厚嘴唇，高颧骨。

③ 鞑靼人一般剃光头。

“哦。一个卢布。您揪住您的耳朵!”

“我揪住了。……可别剪着我的耳朵啊,当心。哎哟,好痛! 你在拔我的头发了。”

“这没关系。干我们这一行,免不了要出这种事。那么,安娜·艾拉斯托芙娜近来可好?”

“我的女儿? 挺好,欢蹦乱跳的。上个星期,星期三,我们把她许配给谢金了。为什么你没有来?”

剪子的咔嚓咔嚓声停下来。玛卡尔·库兹米奇放下胳膊,惊慌地问:

“把谁许配人家了?”

“安娜呀。”

“这怎么可能? 许配给谁了?”

“许配给谢金了,也就是普罗科菲·彼得罗夫。他的姑妈在兹拉托乌斯千斯基小巷里给人做女管家。那是个挺好的女人。当然,我们都挺高兴,谢天谢地。过一个星期就要办喜事了。你要来啊,咱们喝上几杯乐一乐。”

“可是怎么能这样呢，艾拉斯特·伊凡内奇？”玛卡尔·库兹米奇说，脸色苍白，神情惊讶，耸起肩膀，“这怎么可能呢？这……这说什么也不行！要知道安娜·艾拉斯托芙娜……要知道我……要知道我对她有了情分，我已经有了意。怎么能这样呢？”

“就是这样嘛。我们没费多大的事就把她许配人家了。男的是个挺好的人。”

玛卡尔·库兹米奇的脸上冒出冷汗来了。他把剪子放在桌子上，举起拳头揉鼻子。

“我已经有了意……”他说，“这不行，艾拉斯特·伊凡内奇！……我……我爱上她，而且求过婚了。……连大妈都答应了。我素来敬重你们，简直就把您当成我的亲爹……给您理发素来没要过钱。您一向沾我的光不少，当初我爸爸去世，您拿走过一张长沙发和十卢布，后来没还给我。您记得吗？”

“怎么不记得！记得的。不过，你怎么配做新郎呢，玛卡尔？难道你也能做新郎？又没有钱，又没有地位,你这个手艺又没有什么出息。……”

“那么谢金有钱?”

“谢金在劳动组合里入了股。他放出去一千五的债,都有抵押品。就是嘛,孩子。……你说这些话也罢,不说这些话也罢,反正那件事已经生米做成熟饭。要挽回也不成了,玛卡鲁希卡。你就给你自己另找个新娘吧。……天无绝人之路。好,你理发吧!干吗这样闲站着呢?”

玛卡尔·库兹米奇沉默不语,站在那儿呆呆地不动,随后从口袋里取出一块小手绢,哭起来。

“哎,何必呢!”艾拉斯特·伊凡内奇安慰他说,“别哭了!这个人啊,哭天抹泪的,倒像个娘们儿!你先理完我的发,然后再哭也不迟。你把剪子拿起来!”

玛卡尔·库兹米奇拿起剪子来,茫然看了它一分钟,随后却失手把它掉在桌子上。他的手不住地发抖。

“我没法干活!”他说,“现在我没法干活,我浑身没力气了!我是不幸的人啊!她也不幸!我们相亲相爱，彼此已经说定，可是现在给坏心肠的人毫不留情地拆散了。您走吧，艾拉斯特·伊凡内奇！我看见您就受不了。”

“那我明天再来，玛卡鲁希卡。明天你再理完我的发。”

“行。”

“你消一消气吧，明天我再到你这儿来，一大早就来。”

艾拉斯特·伊凡内奇的半个头被剪光头发，露出头皮，像是苦役犯①。他的头保持这种样子是不妥的，然而又无法可想。他就拿起披巾来围上他的头和脖子，走出理发店。这时候店里只剩下玛卡尔·库兹米奇一个人，他就坐下，继续轻声哭泣。

第二天一大早，艾拉斯特·伊凡内奇又来了。

“您有什么贵干？”玛卡尔·库兹米奇冷冰冰地问

① 旧俄时代，流放到西伯利亚去的苦役犯被迫剃光半边头发。

他说。

“你把我的头发剪完吧,玛卡鲁希卡。还有半边头发没剪呢。”

“那就请您先付钱。我不能白理发而不拿钱。”

艾拉斯特·伊凡内奇一句话也没说就走了。到现在为止,他的头上还是半边头发长,半边头发短。花钱理发,他认为是奢侈,他就等着剪过发的半边脑袋上自己生出头发来。就连在婚礼上喝酒的时候,他也还是这副样子呢。

不同寻常的人

夜里十二点多钟。担任助产士的老处女玛丽雅·彼得罗芙娜·柯希金娜的门外，站着一个高身量的上流人，戴着高礼帽，穿着带风帽的制服大衣。在黑暗的秋夜，他的脸和他的手都看不清楚，可是他咳嗽和拉铃的神态却流露出庄重，沉稳，甚至有几分威严。他拉过三次门铃后，房门打开，玛丽雅·彼得罗芙娜本人出来了。她穿着白裙子，外面披一件男大衣。她手里举着一盏小小的灯，扣着绿罩子，灯光把她那带着睡意和布满雀斑的脸、精瘦的脖子以及从包发帽里溜出来的稀疏的棕色头发一概染成绿色了。

“我可以见一见助产士吗?”那个上流人问。

“我就是助产士。您有什么事?”

上流人走进前堂,玛丽雅·彼得罗芙娜看见面前站着一个高身量的男人,身材匀称,年纪已经不轻,可是生着一张英俊而严峻的脸和浓密的连鬓胡子。

“我是八等文官基利亚科夫,”他说,“我来请您到我妻子那儿去一趟。劳驾快一点。”

“好,先生……”助产士同意说,“我马上去换衣服,麻烦您在客堂里等我一下。”

基利亚科夫脱掉大衣,走进客堂。小灯微弱的绿光照着价钱便宜的家具以及打过补丁的白色布套,照着寒碜的花朵,照着攀附着常春藤的门框。……屋子里有股天竺葵和石碳酸的气味。墙上的小挂钟胆怯地嘀嗒响着,仿佛看到外来的男人感到难为情似的。

“我准备好了,先生!”大约过了五分钟,玛丽雅·彼得罗芙娜走进客堂来,她已经换好衣服,洗过脸,精神抖擞地说,“我们走吧,先生!”

“是的,得赶快去……”基利亚科夫说,“顺便,我想提一个不算多余的问题:您接生要多少钱?”

“说真的,我也不知道……”玛丽雅·彼得罗芙娜说,不好意思地微笑,“随您给吧。……”

“不,我不喜欢这样办事,”基利亚科夫说,冷冰冰地定睛瞧着助产士,“俗语说:诺言重于金钱。我不想沾您的光,您也不要沾我的光。为了避免纠纷,我们还是事先讲定价钱比较妥当。”

“我,说真的,不知道。……这没有固定的价钱。”

“我自己也工作,因此习惯于尊重别人的工作。我不喜欢不公道。如果我没有给足您钱,那就跟您多要了我的钱一样,在我是同样的不愉快,为此我坚决主张您说出您的价钱。”

“要知道,价钱很不一样!”

“嗯!……您决定不下来,这我不能理解,不过既然如此,我只好自己来定价钱。我可以给您两卢布。”

“您说什么呀,求上帝怜恤吧!……”玛丽雅·彼得罗芙娜说,脸红了,往后倒退一步,“我都觉得不好意思了。……与其拿两卢布,我还不如不要钱的好。这样吧,要是您愿意的话,五卢布好了。……”

“两卢布,一个钱也不添了。我不要沾您的光,可是我也不打算多出钱。”

“那也随您,先生,不过只给两卢布,那我不去。……”

“可是按照法律您没有权利拒绝。”

“好吧,那我不要钱,白去一趟就是了。”

“我不打算白白麻烦您。各种工作都应当得到报酬。我自己也工作,我明白。……”

“只挣两卢布,我不去,先生……”玛丽雅·彼得罗芙娜温和地申明说,“要是您乐意,我不要钱去一趟倒行。……”

“既是这样,我很抱歉,白白打搅您了。……我荣幸地向您告辞。”

“您这个人啊，说真的……”助产士说着，把基利亚科夫送到前堂，“那么这样好了，要是您乐意，给三卢布，我就去。”

基利亚科夫眯细眼睛，聚精会神地瞧着地板，整整考虑了两分钟，然后坚决地说：“不行！”他说完，就走到街上去了。助产士又惊讶又难为情，等他走后，就关上门，回到卧室去了。

“这个人相貌漂亮，气度庄严，可是多么古怪呀，求上帝跟他同在吧……”她躺下，暗自想道。

可是还没过半个钟头，门铃又响了。她从床上起来，不料在前堂里又看见原先那个基利亚科夫。

“如今的世道真也乱得出奇！”他说，“药房里的人也罢，警察也罢，扫院人也罢，谁也不知道别的助产士的住址，这样我就不得不同意您的条件了。我给您三卢布就是，不过……我要预先申明一下：我雇用女仆，以及一般说来使用别人的劳力，总是事先讲定，到付钱的时候决不加钱，也不给小费什么的。各人应当拿各人该得的收入。”

玛丽雅·彼得罗芙娜听基利亚科夫讲话没有多久就已经觉得他讨厌，惹人反感了，他那四平八稳的话语压在她心上像一块沉甸甸的东西。她换好衣服，跟他一块儿走到街上。四下里静悄悄的，可是天气寒冷，乌云密布，连路灯的亮光也看不大清。稀泥在脚底下咕唧咕唧响。助产士凝神细看，却瞧不见出租马车。……

“大概路不远吧？”她问。

“不远。”基利亚科夫阴郁地回答说。

他们穿过一条胡同，又穿过一条，再穿过一条。……基利亚科夫只顾迈步走着，就连他的步态也流露出庄重和沉稳。

“多么可怕的天气啊！”助产士跟他攀谈说。

可是他庄重地沉默着，显然极力在平滑的石头上走，免得踩坏他的套靴。经过长久的步行，助产士终于走进一个前堂，从那儿可以看见布置得很体面的大客厅。各处房间里连一个人影也没有,甚至产妇躺着的卧室里也是如此。……大凡在分娩的地方,亲戚和老太婆总是多得不计其数,可是这儿却一个也看不见。只有厨娘带着呆板而惊恐的脸相东奔西跑,像中了邪似的。传来响亮的呻吟声。

三个钟头过去了。玛丽雅·彼得罗芙娜在产妇的床上坐着,小声说话。两个女人已经趁这段时间互相认识,彼此熟悉,一块儿闲谈、惊叹了。

"您可不能说话呀!"助产士不安地说,可是她自己又不住地问这问那。

后来房门开了,基利亚科夫本人静悄悄地走进卧室来,神态庄重。他在椅子上坐下,摩挲着连鬓胡子。紧跟着是沉默。……玛丽雅·彼得罗芙娜胆怯地瞧了瞧他那漂亮而不带感情、像木石一般的脸,等着他开口讲话。可是他死不开口,不知在想什么心事。助产士白等了很久,就决定自己开口,说了一句在分娩的场合照例要说的话:

“是啊,感谢上帝,世界上要添一个新人了!”

“是的,这是愉快的,”基利亚科夫说,脸上保持着木石一般的神情,“不过从另一方面来看,多一个孩子就要多一笔开支。孩子不是天生就吃饱穿暖的。”

产妇的脸上露出负疚的神情,仿佛她没得到批准,或者出于无聊的奇想,就把一个活人生到世界上来了。基利亚科夫叹口气,站起来,庄重地走出去。

“他是个什么样的人啊,求上帝保佑他……”助产士对产妇说,“脾气那么严厉,连笑都不笑一下。……”

产妇说,他素来就是这样。……他为人诚实,公正,慎重,精打细算,然而所有这些品质都达到了不同寻常的程度,弄得一般人都感到受不了。亲戚同他不和,仆人干了一个月就待不下去,没有人跟他来往,妻子儿女老是心情紧张,每走一步路都要担惊害怕。他不打人,不骂人,他的美德远比缺陷多,不过每逢他离家出外,大家却感到自在得多,轻松得多。为什么会这样,连产妇自己也不明白。

“那些盆子得收拾干净,放到储藏室去,”基利亚科夫又走进卧室里来,说,“这些小瓶也要收起来,将来有用处。”

他讲的话都很简单,平常,可是不知什么缘故,助产士却心惊胆战。她开始怕这个人,每次听到他的脚步声就打冷战。早晨她准备辞去的时候,看见基利亚科夫的小儿子,一个面色苍白、头发剪短的中学生,正在饭厅里喝茶。……基利亚科夫站在他对面,用四平八稳的声调说:

“你会吃饭,那你也得会工作。喏,你刚喝下一口茶,可是你大概没有考虑到喝这口茶是要花钱的,至于钱,是靠劳动挣来的。你要一面吃,一面想才是。……”

助产士瞧着男孩呆板的脸容,觉得连空气都沉重了,再过一会儿,那四堵墙也会经不住这个不同寻常的人的威风而倒下来。她害怕得心慌意乱,对这个人生出强烈的反感，就拿起她的小包袱，匆匆走出房外。

半路上，她想起她忘记索取那三卢布了。可是她停住脚，站一会儿，想了想，却挥一挥手，仍然往前走去。

长 舌 头

娜达丽雅·米海洛芙娜是个年轻的太太，早晨刚从雅尔塔回来，正在用午饭，而且喊喊喳喳唠叨不停，对她丈夫述说克里米亚如何美丽。丈夫高兴得很，深情地瞧着她兴奋的脸，听着她讲，偶尔问一两句话。……

“不过，听说，那边物价很贵吧?”他顺便问一句。

“怎么跟你说好呢? 依我看来，物价昂贵是言过其实，小父亲。魔鬼并不像人家画的那么可怕。比方说，我和尤丽雅·彼得罗芙娜就租下一个很舒适而又像样的旅馆房间,每天才二十卢布。一切,我的好朋友,都要看你会不会过日子。当然,如果你要骑马上山去玩……比方到艾-彼德利山上去……又要租马,又要雇向导,嗯,那当然就破费大了。贵得要命!可是,瓦塞奇卡,那些山倒也真好呢!你想象一下高而又高的山,比教堂高一千倍。……山上满是雾,雾,雾。……山下全是极大的石头,石头,石头。……还有意大利松树。……嘿,我一回想,心里就痒得难忍难熬呢!"

"顺便说一句……你走后,我在这儿一本杂志上读到过在那边做向导的鞑靼人。……简直下流得很!怎么,他们真是些特别的人吗?"

娜达丽雅·米海洛芙娜做出鄙夷的怪相,摇一摇头。

"其实都是些普通的鞑靼人,没有什么特别的……"她说,"不过,我只是远远地看见,瞟一眼罢了。……人家指着他们要我看,可是我才懒得理睬他们呢。小父亲，我对那些彻尔克斯人啦，希腊人啦……摩尔人啦，素来有成见！”

“听说，他们都是些糟糕透顶的好色之徒。”

“也许吧！坏女人是有的，她们……”

娜达丽雅·米海洛芙娜忽然跳起来，仿佛想起什么可怕的事似的，用惊恐的眼睛看了丈夫半分钟，然后拖长每个字的字音说：

“瓦塞奇卡，我跟你说吧，有些女人不要脸！啊，真不要脸！我说的，你要知道，不是普通人家或者中等人家的女人，而是上流女人，自以为了不起的正派女人①！吓人得很，我都不相信我的眼睛了！我到死也忘不了！是啊，一个女人能浪荡到这种地步，居然……哎，瓦塞奇卡，我甚至不想说了！就拿我的旅伴尤丽雅·彼得罗芙娜来说吧……她有那么好的丈夫，又有两个孩子……自己是个上等人，平时装得像个圣徒似

① 原文为法语。

的，不料忽然间，你猜怎么着……只是，小父亲，这话，当然，只是我们两人之间说说①。……你能用人格担保，这话不对外人张扬吗？”

“咦，你想到哪儿去了！当然，我不会张扬出去。”

“用人格担保？要当心啊！我信任你。……”

这个小女人就放下餐叉，脸上做出鬼鬼祟祟的神情，小声说：

“你再也想不到会有这样的事。……这个尤丽雅·彼得罗芙娜骑着马上山去。……那天的天气好得很！她跟她的向导走在前头，我跟在后头，离她们不远。我们走出三四俄里，忽然，你猜怎么着，瓦塞奇卡，尤丽雅大叫一声，抓住自己的胸口。她的鞑靼人就搂住她的腰，要不然，她就会从鞍子上摔下去了。……我带着我的向导策马走到她跟前。怎么回事？出了什么问题？她叫道：‘哎哟，我要死了！我头昏！我没法再

① 原文为法语。

往前走了！’你再也不能想象我有多么害怕！我就说，‘那我们往回走吧！’‘不行啊，’她说，‘娜达丽雅，我不能往回走！哪怕再走一步，我也会活活痛死！我浑身抽筋了！’她就央求我和我的苏列曼看在上帝面上务必回到城里去一趟，给她取贝斯土热夫药水来，治她的病。”

“等一等。……你的话我没大听懂……”丈夫搔着额头，叽叽咕咕地说，“先前你说过，你只是远远地见过那些鞑靼人，可是现在你却讲起一个什么苏列曼来了。”

“咦，你又抓我的语病！”小女人皱起眉头说，一点也不慌张，“我受不了这种怀疑！我受不了！这是愚蠢，愚蠢！”

“我不是抓语病，不过……何必说假话呢？既然你跟鞑靼人一起骑马出去玩过，好，那就自管出去玩吧，求上帝跟你同在……这又何必躲躲闪闪呢？”

“哼！……这个人才奇怪！”小女人愤慨地说，“他吃苏列曼的醋！我想不出不带向导怎么能上山！我想不出！要是你不知道那儿的生活，你不懂，那就顶好闭上嘴。闭上嘴，别谈这些！在那边，缺了向导是一步路也走不了的。”

“可不是！”

“劳驾，别露出这种愚蠢的笑容！我可不是什么尤丽雅。……我并不想替她辩白，可是我……哼！我虽然不想装成圣徒，可是总还不至于那么忘了身份。我的苏列曼素来不越过界线。……是啊！尤丽雅的玛美特库尔老是守在她房间里不走，可是在我这儿，时钟一敲十一点，我就立刻说：‘苏列曼，走吧！出去！’我那个傻鞑靼人就乖乖地走了。我把他管得很紧，小父亲。他一唠叨钱或者别的事，我马上就说：‘怎么？什么？你说什么？’于是他吓得魂灵出窍了。……哈哈哈。……他的眼睛，你知道，瓦塞奇卡，黑而又黑，像煤一样，那张鞑靼人的小脸，愣头愣脑，可笑得很。……我把他管得可紧了！真的！”

“我想象得出……”丈夫嘟哝说,把面包屑搓成一个个小球。

“这是愚蠢,瓦塞奇卡!是啊,我知道你有些什么想法。我知道你怎么想。……可是我向你担保,就是逛山的时候,他也没有做什么出格的事。比方说,不管是骑马上山,还是去看乌昌-苏山的瀑布,我总是对他说:‘苏列曼,你骑着马在后头走!走吧!’他呀,可怜的人,就老是走在后头了。……哪怕在那种时候……在顶动情的时候,我也还是对他说:‘不过你还是不要忘记你只不过是个鞑靼人,我却是五等文官夫人!’哈哈。……”

小女人高声大笑,然后很快地回过头去看一眼,做出惊恐的脸色,小声说:

“可是尤丽雅!哎呀,这个尤丽雅哟!我明白,瓦塞奇卡,有的时候人也不妨逢场作戏,摆脱俗世的空虚,乐一乐!这都是可以的……你要逢场作戏,那就请便,谁也不会责怪你,可是把这种事看得太认真,为此闹得天翻地覆……我就随便怎么样也不明白了！信不信由你,她居然吃醋！喏,这不是荒唐吗？有一回,玛美特库尔,她的心肝宝贝,来找她。……正巧她不在家。……好,我就把他招呼到我的房间里……我们谈起天来,说说这个,谈谈那个。……他们这种人,你要知道,有趣极了！一个傍晚不知不觉就这么过去了。……忽然间,尤丽雅闯进来。……她朝着我,朝着玛美特库尔大发脾气……闹得不可开交。……呸！这我真不明白,瓦塞奇卡。……”

瓦塞奇卡嗽了嗽喉咙,皱起眉头,在房间里走来走去。

“不用说,你们在那儿过得倒挺快活!”他悻悻地说,脸上露出嫌恶的笑容。

“哼,这多么愚蠢!”娜达丽雅·米海洛芙娜不高兴地说,“我知道你在想什么！你老是生出那些可恶的想法！那我再也不跟你讲什么！我再也不讲了!”

小女人噘起小嘴,不说话了。

假 病 人

将军夫人玛尔法·彼得罗芙娜·彼仲金娜,或者按农民们对她的称呼,彼仲契哈,十年来一直用顺势疗法给人看病。五月间,一个星期二,她在书房里给病人看病。她面前桌子上放着一个顺势疗法药箱、一本通俗医书、一些由顺势疗法药房开出的账单。墙上挂着几个金边镜框,玻璃下面放着彼得堡某顺势疗法医生的来信,依玛尔法·彼得罗芙娜看来那个医生是很著名,甚至伟大的。墙上还挂着阿利斯达尔赫神甫的肖像,多亏这个神甫,将军夫人才得救:她从此抛弃了有害的对抗疗法①,认识了真理。病人们在前厅里坐着等候,其中大半是农民。除了两三个人以外,他们全都光着脚,因为将军夫人吩咐他们把臭烘烘的皮靴留在屋外了。

玛尔法·彼得罗芙娜已经给十个人看过病,这时候在叫第十一个:

“加甫利拉·格鲁兹吉!”

房门打开了,可是走进书房来的不是加甫利拉·格鲁兹吉,而是扎穆赫利欣,他是将军夫人的邻居,家道衰落的地主,矮小的老人,生着一对阴沉的小眼睛,腋下夹着一顶贵族的帽子。他把手杖放在墙角上,走到将军夫人面前,一句话也没说就弯下一个膝盖对她跪下。

“您怎么了!您怎么了,库兹玛·库兹米奇?”将军夫人脸孔涨得通红,惊叫道,“看在上帝面上,起来吧!”

“我活着一天,就一天不站起来!”扎穆赫利欣说,

① 即普通的西医疗法,而顺势疗法学派认为这是同顺势疗法对立的。

把嘴凑过去吻她的小手,“让所有的人都看见我跪着吧,我们的保护神,人类的恩人!让大家都看见好了!一个行善的仙女赐给我生命,指引我走上真理之路,照亮了我的多疑的智慧,在这样的仙女面前我不但甘愿跪下,甚至赴汤蹈火也在所不辞,我们的神医,孤儿寡妇的母亲!我的病全好了!我又活了,女神!”

“我……我很高兴……”将军夫人喃喃地说,快活得脸红起来,“这些话听着叫人愉快极了。……请坐!上个星期二您还病得很重呢!”

“是啊,病得厉害极了!回想起来都心惊胆战啊!”扎穆赫利欣坐下说,“我周身上下没有一处不害风湿症。我受了八年罪,从来也没消停过。……白天也罢,晚上也罢,活受罪,我的恩人!我到大夫们那儿看过病,到喀山去找过教授,尝试过各式各样的泥疗[1],喝过矿泉水,我什么法子都试过!我为治病花光

---

① 一种利用加热的泥敷在患部的理疗方法。泥中含有气体、矿物质、有机酸、放射性物质等,用于治疗非急性炎症、风湿病等。

了家产,美丽的夫人。那些大夫给我带来的,却只有害处,别的什么也没有。他们把我的病赶到内脏里去了。他们只会往里赶,可是要往外赶,他们的学问就不行。……他们光要钱,那些强盗;一谈到人类的利益,他们却漠不关心。他们随随便便开个方子,你就喝吧。一句话,都是些杀人凶手。要不是您,我们的天使,我已经入土了!上星期二我从您这儿出去,回到家里,瞧着那一次您给我的小药丸,心想:'这种东西有什么用处呢?难道这些沙土粒,小得几乎看不见,能治好我那很重的老毛病?'我这个缺乏信心的人暗自想着,微微地笑,可是我刚把那些小药丸吃下去,就立时见效了!倒好像我本来就没病,或者我的病全消了。我妻子瞪大眼睛,不相信,说:'莫非你就是柯里亚?'我说:'是我啊。'我就跟她一块儿在圣像前面跪下,不住地为我们的天使祷告:'主啊,把我们心里的感激之情都送到她那儿去吧!'"

扎穆赫利欣用袖口擦一下眼睛,离开椅子站起来,又露出要弯下膝头跪下去的意思,可是将军夫人把他拦住,要他坐下。

“您不要感激我!”她说,兴奋得涨红脸,热情洋溢地瞧着阿利斯达尔赫神甫的肖像,“不要感激我!在这方面我只是个顺服的工具而已。……的确,这是个奇迹!八年之久的老风湿症,一粒‘斯克罗弗洛左’小药丸就治好了!”

“上一次多承您给我三粒小药丸。我在吃午饭的时候吞下一粒,立时就见效了!当天傍晚吞下第二粒,第二天吞下第三粒,从那时候起病就一点也没有了!身上也不觉得痛了!我本来以为我要死了,已经给我那住在莫斯科的儿子写过信,叫他回来!神医啊,主给了您聪明才智!现在我走来走去,就像到天堂里了。……上个星期二我到您这儿来,走路还是一瘸一拐的,现在却连捉兔子都能行。……我简直可以再活一百岁呢。只有一件事不妙,那就是我们样样东西都缺。我倒是身体健康了,可是如果没法生活,身体健康又有什么用呢？贫困比疾病还要折磨人。……比方就拿这样的局面来说。……现在已经到种燕麦的季节，可要是没有种子，那怎么种呢？应当买种子才对，可是钱……谁都知道我们没有钱。”

“我给您燕麦的种子好了，库兹玛·库兹米奇。……您坐下，您坐下！您使我这么高兴，给我带来这么多快乐，所以不该由您来感谢我，倒该由我来感谢您呢！”

“您，我们的欢乐呀！主创造了这样的善心！您，小母亲，看着您行的善事，应该高兴才是！然而我们这些罪人，连可高兴的事也没有。……我们都是些渺小而懦弱的人，毫无益处……都是些小人物。……我们只在名义上是贵族罢了，实际上我们跟农民差不多，甚至还不如他们。……我们倒是住在砖房里，然而那也只是充面子罢了，因为房顶漏雨。……没有钱买木料呀。”

“我给您木料，库兹玛·库兹米奇。”

扎穆赫利欣又要了一头奶牛，另外还请求为他的女儿写一封介绍信，他打算把女儿送到贵族女子中学去读书。然后……他为将军夫人的慷慨相助所感动，情不自禁，撇着嘴，抽抽搭搭地哭了，他把手伸到口袋里去取手绢。……将军夫人看见他取出手绢来，连带把一小块红纸也从口袋里拉出来，那纸无声地落在地板上。

“我永生永世也不会忘记……”他喃喃地说，“我要叮嘱我的儿女记住这件事，还要叮嘱我的孙子也记住……一代一代地传下去。……我要说：听着，孩子们，就是她把我从棺材里救出来的，就是她……”

将军夫人把病人送走后，抬起泪水模糊的眼睛，瞧一会儿阿利斯达尔赫神甫，然后又用爱抚和崇敬的目光打量那个药箱、那本医书、那些账单、那个由她从死亡中救活的人刚才坐过的圈椅，随后她的目光停在病人丢在这里的那一小块纸上。将军夫人拾起那块纸，原来是个小纸包，她就把它拆开，看见其中有三粒小药丸,也就是上星期二她给扎穆赫利欣的小药丸。

"这就是那几粒小药丸……"她纳闷地暗想,"就连纸也是原来的那一张。……他甚至没把纸包拆开过！既是这样,他吃了什么药呢？奇怪。……他该不会欺骗我吧！"

于是将军夫人在十年行医当中第一次起了疑心。……她依次叫另外的病人进来,同他们谈论他们的病,注意到以前不知不觉滑过她耳边而没有引起她注意的那些话。病人们异口同声,仿佛商量好了似的,先是恭维她神奇的医道,赞叹她医术的精深,痛骂那些运用对抗疗法的医生们,然后,等到她兴奋得涨红脸,他们就开始提出他们的需要。有的人要一小块地以便耕种,有的人要柴火,有的人要求准许他到她的树林里打猎,等等。她瞧着向她揭示真理的阿利斯达尔赫神甫那忠厚的宽脸膛,一个新的真理开始来折磨她的心。一个令人痛苦、沉重的真理……

人真狡猾呀！

神　秘

复活节头一天傍晚，四等文官纳瓦京出外拜客回来，在门厅拿起那张来拜节的客人们签过名的单子，带着它走到他的书房里。他脱掉衣服，喝了点矿泉水，就在躺椅上舒舒服服坐下，开始看单子上的签名。等到他的目光从上往下，看到那一长行名字的中部，他就打了个哆嗦，鼻子里吃惊地哼一声，脸上现出极其诧异的神情，用手指头打个榧子。

"又有他！"他说着，拍一下膝盖，"这真是奇怪！又有他！这个家伙又来签名了。费久科夫，鬼才知道他是谁！又有他！”

在那张单子上为数众多的签名当中，有一个费久科夫的签名。这个费久科夫究竟是个什么路数，纳瓦京完全不知道。他在记忆里清查他所有的熟人、亲戚、手下的官员，回想遥远的过去，可是怎么也想不起一个甚至近似姓费久科夫的人来。最奇怪的是这个来历不明的[1]费久科夫最近十三年来每逢圣诞节和复活节必定来签名一次。至于他是什么人，他从哪儿来，他长得什么样子，那么纳瓦京也好，他妻子也好，看门人也好，统统不知道。

“奇怪！”纳瓦京惊讶地说，在书房里走来走去。“奇怪，莫名其妙！简直神乎其神！把看门人叫来！”他喊道。“这可是太古怪了！不，我仍旧要弄明白他是谁！你听我说，格利果利，”他对走进来的看门人说，“这个费久科夫又来签名了！你看见他了吗？”

---

① 原文为拉丁语。

“没有，老爷。……”

“求上帝怜悯吧，他真的又来签名了！那他总到门厅里来过吧？来过没有？”

“不，老爷，没有来过。”

“既然他没来过，那他怎么能签名呢？”

“不知道，老爷。”

“那该谁知道？你在门厅里只顾自己打哈欠！你想一想看，也许有什么不认得的人走进来过！你想一想！”

“不，老爷，不认得的人一个也没来过。您那儿的文官来过，男爵夫人来看过夫人，教士们举着十字架来过，此外就没有人了。……”

“怎么，他签名的时候用了隐身法还是怎么的？”

“不知道，老爷，不过没有一个姓费久科夫的人来过。哪怕当着神像，我也要这么说。……”

“怪了！莫名其妙！这真稀奇！”纳瓦京沉思地说，“这甚至可笑。人家一连签名十三年，你却一点也不知道他是谁。也许这是谁在开玩笑吧？也许有个文官签完了名，为了好玩又签上这个费久科夫吧？”

纳瓦京就开始端详费久科夫的签名。

那是一笔古体字，粗大豪放，字尾加了奇巧的花钩，从笔法上看，完全不同于其他那些签名。它恰好写在十二等文官希土奇金的签名下面，这个文官却是个胆小怕事的人，如果他竟敢斗胆开这样的玩笑，事后准会活活吓死的。

“这个神秘的费久科夫又来签名了！”纳瓦京走到他妻子的房间里说，“我又没有查出他是谁！”

纳瓦京娜太太是个迷信招魂术的女人，因此自然界一切可以理解的和不能理解的现象她一概解释得很简单。

“这没有什么可奇怪的，”她说，“你总是不相信，我呢，以前就说过，现在还要说：自然界有许多超自然现象是我们薄弱的智慧绝不能领悟的！我相信这个费久科夫是个对你有好感的灵魂。……换了是我，就要召他来,问一问他需要什么。”

“胡说! 胡说!”

纳瓦京不相信那些迷信,不过这个引起他兴趣的现象却是那么神秘,各式各样有关妖术的想法都不由自主地钻进他脑子里来了。整个傍晚他一直暗想,这个来历不明的费久科夫兴许是一个很久以前去世的文官的灵魂,给纳瓦京的前任革职了,现在却来找后任报仇。或许他是给纳瓦京本人革职的职员的亲戚吧,要不然就是被他勾引过的姑娘。……

纳瓦京通宵梦见一个又老又瘦的文官,穿一身破旧的制服,脸色像柠檬那么黄,头发像鬃毛那么硬,眼睛呆板无神。这个文官用坟墓里的声音说话,对他摇着一根骨节棱棱的手指头。

纳瓦京几乎得了脑炎。他有两个星期沉默不语,皱起眉头,老是走来走去,暗自思索。最后他克服他那怀疑主义者的自尊心,走去找他妻子,闷闷地说:

“齐娜,把费久科夫的灵魂招来吧!”

迷信招魂术的女人高兴起来，就吩咐人拿来一块硬纸板和一个小茶碟，跟她的丈夫并肩坐下，开始作法。费久科夫没有让他们等很久。……

“你有什么事？”纳瓦京问。

“你忏悔吧……”小茶碟回答说。

“你在人间原是什么人？”

“误入歧途的人。……”

“你瞧！”他妻子小声说，“可你还不相信呢！”

纳瓦京跟费久科夫谈了很久，然后招来拿破仑、汉尼拔[1]、阿斯科倩斯基[2]的灵魂，过后又招来他姑母克拉芙季雅·扎哈罗芙娜的灵魂，他们都给他做出简短而正确的、意义深刻的答复。他把小茶碟一连摆弄了四个钟头光景，就去睡觉，又安心又幸福，因为他认识了一个他认为是新的神秘世界。这以后他每天沉迷于

① 汉尼拔（前247—前183），迦太基统帅。

② 阿斯科倩斯基（1813—1879），俄国反动的政论家和作家。——俄文本编者注

招魂术，而且在机关里对文官们说，一般说来自然界有很多超自然的奇迹，我们的学者早就应当对这方面加以注意。他对催眠术、降神术、毕晓普法术[①]、招魂术、四度空间以及其他渺渺茫茫的东西完全入了迷，因此成天价看招魂术书籍，或者摆弄小茶碟，扶乩，讨论超自然现象，使得他妻子大为满意。由他带头，他的全体属员也都搞起招魂术来，干得那么热心，有个年老的庶务官竟发了神经，有一次打发信差去拍出一份电报："寄交地狱。省税务局发。我感到我正在变成一个魔鬼。究应如何办理，请示下。回电费已付。瓦西里·克利诺林斯基。"

纳瓦京看了不止一百本招魂术小册子，然后生出强烈的愿望，想亲自写一篇文章。他埋头写了五个月，最后写成一篇规模宏大的论文，题名是《我的见解》。

---

① 因美国人毕晓普而得名，据他说，他能道出别人的思想，他曾于1884年在莫斯科表演过（当时契诃夫在散文《莫斯科生活花絮》里曾加以描写）。——俄文本编者注

他写完这篇文章后,决定把它送到一份招魂术杂志上去发表。

预定送出文章的那天,在他是很值得纪念的。纳瓦京记得,在这个难忘的日子,他书房里坐着一位誊写那篇文章的秘书和一个奉命来办事的本教区教堂的诵经士。纳瓦京满面春风。他用热爱的眼光看着他的写作成果,用手指头摸一摸它有多么厚,幸福地微笑着,对秘书说:

“我提议,菲里普·谢尔盖伊奇,把这篇东西挂号寄去。这样稳当点。”然后他抬起眼睛看着诵经士,说:“我派人找您来是要办一件事,亲爱的。我要送我的小儿子进学校,需要一张他的出生证,希望能快一点办好。”

“很好,大人!”诵经士说,鞠躬,“很好。我明白了。……”

“明天能准备好吗?”

“行,大人,请您放心!明天一定准备好!请您费神,明天派人在晚祷前到教堂去一趟。那时候我在教堂里。请您叫他找费久科夫,我素来在那儿。……”

“什么?!”将军[1]喊道,脸白了。

“费久科夫。”

“您……您就是费久科夫?”纳瓦京问,对他瞪大眼睛。

“是,大人,我就是费久科夫。”

“您……您在我家门厅里签过名吗?”

“是的,大人,”诵经士承认,觉得难为情了,“我们举着十字架各处走动的时候,大人,我总是在达官贵人的家里签个名。……我喜欢这么做。……请您原谅,我在门厅一看见签名的单子,就忍不住要签上我的名字。……”

纳瓦京目瞪口呆,什么也不明白,什么也没听见,开始在书房里走来走去。他摸一摸门帘,挥了三回右

① 俄国的文职官衔。

手，好比舞剧里的男一号①看见了“她”一样，嘴里打着呼哨，傻乎乎地微笑，用手指着空中。

“那么我马上去寄这篇文章，大人。”秘书说。

这句话把纳瓦京从昏昏沉沉的境界里拉回来。他呆呆地打量秘书和诵经士，想起来了，就生气地跺脚，用极高的男高音哇哇地嚷道：

“躲开我！我跟你们说：躲开！你们要我怎么样？我不明白！”

秘书和诵经士走出书房，到了街上，可是他还在跺着脚喊叫：

“躲开我！你们要我怎么样？我不明白！躲开！”

① 原文为法语。

醉 汉

工厂主弗罗洛夫是个漂亮的黑发男子,长着一把圆胡子,眼睛带着丝绒般的柔和神情,他的律师阿尔美尔是个上了年纪的男人,大脑袋上长着又粗又硬的头发,这两个人正在城郊一家饭馆的大厅里喝酒。两个人是直接从舞会来到饭馆里的,因此穿着燕尾服,系着白领结。大厅里除了他们和站在门口的茶房以外,一个人也没有。弗罗洛夫下过命令,任何人也不准进来。

他们开头各自喝下一大杯白酒,然后开始吃牡蛎。

“好!”阿尔美尔说,“第一道菜改成牡蛎,老兄,是我兴出来的。一喝白酒,你就会觉着烧得慌,喉咙发紧,可是一吃下牡蛎,喉咙里就会生出那么一种惬意的感觉。不是这样吗?"

有个茶房,神态庄重,剃掉唇髭,留着花白的络腮胡子,这时候把一碟调味汁送到饭桌上来。

"你这是上的什么菜?"弗罗洛夫问。

"这是色拉酱,拌青鱼用的,先生。……"

"什么?难道是这样上菜的吗?"工厂老板叫道,眼睛没看调味汁碟,"难道这也算是调味汁?上菜都不会,笨蛋!"

弗罗洛夫丝绒般的眼睛发亮了。他把桌布的一角缠在手指头上,轻轻一拉,于是凉菜碟、烛台、酒瓶等,带着稀里哗啦的响声,一齐掉在地板上了。

茶房早已习惯酒馆里的灾难,这时候便跑到饭桌跟前,动手收拾碎片,像外科医生动手术那样严肃而冷静。

"你也真会对付他们,"阿尔美尔说着,笑起来,

“不过……你离开桌子稍微远一点吧,要不然你就踩着鱼子酱了。”

“把工程师叫到这儿来!”弗罗洛夫叫道。

那个被称为工程师的人是个老迈衰弱、脸色郁闷的老人,以前确实做过工程师,生活很富裕。他把全部家财都挥霍掉了,临到生命快要结束,却进了饭馆,管理茶房和歌女,完成种种有关女性的委托。他听到召唤就来了,恭敬地歪着头。

“听我说,伙计,”弗罗洛夫对他说,“为什么这样乱七八糟的?你们这儿的茶房是怎样上菜的?难道你不知道我不喜欢这套吗?见鬼,往后我再也不来了!”

“求您大度包涵,阿历克塞·谢敏内奇!”工程师把手按住胸口说,“我一定立即想办法,哪怕您最小的愿望也会用最好最快的方式办妥。”

“好,行了,你去吧。……”

工程师鞠躬,往后倒退,一直保持着鞠躬的姿势,最后一次闪了一下他衬衫上和手指头上的假钻石,才退出门口。

放凉菜的桌子又摆好。阿尔美尔喝着红葡萄酒,津津有味地吃一种用鲜菌烧的禽肉,又叫了一份加调味汁的鳕鱼和一份尾巴塞在嘴里的鲟鱼。弗罗洛夫光喝白酒,吃面包。他用手心揉搓脸,皱起眉头,呼哧呼哧地喘气,显然心绪恶劣。他们两人没有说话。四下里静悄悄的。有两盏电灯配着不透明的罩子,灯光闪烁,咝咝地响,仿佛在生气似的。门外有些茨冈姑娘走过,轻声哼着歌。

"喝了酒也还是一点也不畅快。"弗罗洛夫说,"越是灌得多,反而越清醒。别人喝了酒兴高采烈,可是我反而一肚子怨气,一脑子讨厌的思想,睡不着觉。老兄,为什么除了喝酒和放荡以外,人们就没有想出别的快活事呢?这真叫人恶心!"

"那你就叫茨冈姑娘来吧。"

"滚她们的!"

过道上,有个茨冈老太婆把头伸进门口。

“阿历克塞·谢敏内奇，茨冈姑娘们要喝茶和白兰地。”老太婆说，“可以叫一点喝吗？”

“可以！”弗罗洛夫回答说，“你知道，她们要客人请她们喝酒，就可以在饭馆老板那儿拿到几个钱的外快。现在就连人家要酒喝，你也不能信以为真。人人都卑鄙下流，贪图享受。就拿这些茶房来说吧。论外貌，他们倒像教授，白发苍苍，每个月挣两百卢布，住在自己买下的房子里，把女儿送到中学去念书，可是你管自随心所欲地骂他们，摆架子，都没关系。那个工程师为挣到一卢布宁肯吞下一罐芥末酱，学公鸡啼。说句真心话，要是他们有一个恼了，那我倒情愿送给他一千卢布！”

“你怎么了？”阿尔美尔吃惊地瞧着他，问道，“这种忧郁心情是从哪儿来的？你涨红了脸，看上去活像一头野兽。……你怎么了？”

“糟得很。我脑子里有一件事在作怪。它像钉子那样钉死在那儿，无论如何也没法把它挖出去了。”

这时候有个身材圆滚滚、肥得冒油的小老头儿走进大厅里来，头顶完全光秃，毛发脱尽，穿一件窄小的上衣和一件淡紫色的坎肩，手里拿着六弦琴。他做出一副呆头呆脑的脸相，挺直身子，把手举到帽檐那儿，像兵士那样敬了一个礼。

“啊，寄生虫！”弗罗洛夫说，“我来介绍一下，这个人是靠学猪叫挣下一份家业的。到这儿来！”

工厂主往一个杯子里倒白酒、葡萄酒、白兰地，再撒上细盐和胡椒，然后搅动一下，把杯子递给寄生虫。老人喝干酒，雄赳赳地嗽了嗽喉咙。

“他已经喝惯劣酒，所以喝纯酒反而难受。”弗罗洛夫说，“好，寄生虫，坐下，唱一段。”

寄生虫就坐下，用胖手指头拨弄琴弦，唱起来：

尼特卡，尼特卡，

玛尔加里特卡……

弗罗洛夫喝过香槟后，醉了。他伸出拳头捶着桌子说：

“是啊，有一件事在我脑子里作怪！它一会儿也不容我消停！”

“到底是什么事呢？”

“我不能说出来。这是秘密。像这样的隐私，我只能在祷告上帝的时候才能说出口。不过，要是你想知道，那也不妨照好朋友那样私下里谈一谈，只是你要注意，不能对外人讲，千万别张扬出去。……我对你说了，心里就会轻松点，可是你……看在上帝面上，听过就忘掉算了。”

弗罗洛夫低下头凑近阿尔美尔，往他耳边吹了一阵气。

“我憎恨我的妻子！”他终于说出来。

律师吃惊地瞧着他。

“是，是，就是我的妻子玛丽雅·米海洛芙娜。”弗罗洛夫唠叨着，涨红了脸，“我恨她，就是这么的。”

“是什么缘故呢？”

“我自己也不知道！我们结婚只有两年，你知道，我是因为爱她才结婚的，可是现在我却满心恨她，仿佛她是个讨厌的敌人，就跟这个，对不起，寄生虫一样。而且没有理由，任什么理由也没有！每逢她坐在我身旁吃东西，或者讲什么话，我的整个灵魂就沸腾起来，我几乎忍不住要对她发脾气。事情就是这样，也说不清是什么道理，讲到离开她，或者对她说实话，那可不行，因为那就会惹出一场乱子，可是跟她一块儿生活下去对我来说又比下地狱还要糟。我在家里待不住！所以我白天总是忙着办公事，跑饭馆，晚上就在卖淫窟里厮混。唉，这种憎恨该怎样解释呢？要知道，她并不是一个普普通通的女人，她是个美人，而且聪明、斯文。”

寄生虫顿着脚，唱起来：

我跟一个军官一块儿溜达，

对他说出了秘密的话。……

“老实说，我素来觉得玛丽雅·米海洛芙娜跟你完全不般配。”阿尔美尔沉默了一会儿,叹口气说。

“你是说她受过教育?听着。我自己也在商业学校里读到毕业,而且得过金质奖章。我还去过三次巴黎。当然,我没你聪明,可是我并不比我的妻子笨啊。不,老兄,问题不在于教育程度!你听听这件事怎样开的头。开头是这样:我忽然觉得,她嫁给我不是因为爱我,而是看中我的钱财。这个想法盘踞着我的脑海。我千方百计要丢开这个想法,可是这个该死的想法却偏偏赖着不走!再者,我的妻子越来越贪心。她本来很穷,如今掉在黄金的袋子里,就由着性儿挥霍。她简直昏了头,迷了心窍,每个月居然花掉两万。我呢,是个多疑的人。我不相信人,对什么人都猜疑,人家越是待我亲热,我的疑心就越大。我老是觉得,人家是为了钱才奉承我。我什么人也不相信!老兄,我是个难于相处的人,难处得很哟!”

弗罗洛夫一口气喝下一大杯葡萄酒,继续讲下去。

“不过,这都是胡闹。”他说,“这种事根本不该谈。

荒唐。我醉后胡说八道,你呢,却用律师的眼光瞧着我,知道了人家的秘密而暗暗高兴呢。算了,算了……我们不谈这些。还是喝酒吧！你听我说,"他扭转身对茶房说,"穆斯达法在你们这儿吗？叫他到这儿来!"

过了一会儿,一个十二岁左右的矮小的鞑靼小孩,穿着礼服,戴着白手套,走进大厅里来。

"到这儿来!"弗罗洛夫对他说,"有一件事你来解释一下。想当初,你们鞑靼人征服我们,收我们的贡品,可是现在你们当茶房伺候俄国人,卖睡衣。这种转变该怎样解释才对?"

穆斯达法扬起眉毛,用尖细的嗓音唱歌般地说:

"命运无常!"

阿尔美尔瞧着他严肃的脸相,不由得哈哈大笑。

"好,给他一个卢布!"弗罗洛夫说,"他就靠说这句'命运无常'挣钱。饭馆养着他,就为了叫他说这句话。喝酒吧,穆斯达法！将来你会成为大混蛋！我是说，你们这班家伙，在阔人身旁混饭吃的寄生虫，多得不得了。你们这些和平的强盗和土匪有那么多，数都数不清！现在，要不要把茨冈歌女也叫来？啊？把茨冈歌女叫来！”

那些茨冈姑娘早已在过道上等得心焦，这时候就大呼小叫地冲进大厅来，发狂般的纵酒开始了。

“喝吧！”弗罗洛夫对她们叫道，“喝吧，法老的部落！唱歌！哎哟！”

到了冬令……哎哟哟！……

雪橇飞奔。……

茨冈姑娘唱歌，打呼哨，跳舞。……在那种有时候会征服富足、享乐、具有“奔放的性格”的人们的疯狂中，弗罗洛夫开始胡闹。他吩咐给茨冈姑娘开晚饭，拿香槟酒来，打碎电灯上不透明的罩子，把酒瓶扔到挂画和镜子上，然而他干这些事分明没有得到什么乐趣。他皱着眉头，气冲冲地嚷叫，藐视所有的人，眼神和举止中流露出憎恨。他叫工程师来一次独唱①,给低音歌手灌下一杯由葡萄酒、白酒、牛油合成的杂酒。……

六点钟,账单送到他面前来了。

"九百二十五卢布零四十戈比!"阿尔美尔说,耸起肩膀,"这是怎么回事?不,等一等,这得核对一下!"

"算了!"弗罗洛夫喃喃地说,拿出钱夹来,"得了……随他们敲竹杠好了。……我有钱就是要人敲竹杠。……没有寄生虫……可办不到啊。……你是我的律师……一年挣六千卢布,可是……可是为什么挣这么多?不过,对不起……我自己也不知道自己在说什么了。"

弗罗洛夫跟阿尔美尔一块儿回家,在路上唠叨说:

"回家在我是可怕的!对了。……我身边没有一个可以谈心里话的人。……所有的人都是强盗……吃

① 原文为意大利语。

里爬外。……是啊,为什么我对你说出了我的秘密?为……为什么呢?你说说看,为什么呢?”

他到了自家门口,摇摇晃晃,向阿尔美尔探过身去,吻他的嘴唇,这是遵循莫斯科的旧习惯:一遇机会总要不问情由亲一亲嘴。

“再见。……我是个难于相处、十分恶劣的人。”他说,“这是一种糟糕的、酗酒的、无耻的生活。你呢,是个受过教育而且有头脑的人,却光是嘻嘻地笑,陪着我一块儿喝酒,你……你们这些人一点也不肯帮我一把。……你如果是我的朋友,如果是正直的人,就一定会认真地对我说:‘你是个下流的、很坏的人!你这个混蛋!’”

“得了,得了……”阿尔美尔支支吾吾地说,“你去睡吧!”

“你们一点也不肯帮我一把。唯一的希望就是等到夏天,等我搬到别墅去住,有一天走出去,到旷野上,遇上一场暴风雨,雷声一响,当场把我劈死了事。……

再……再见。……”

弗罗洛夫又跟阿尔美尔接吻，然后一面走，一面昏昏睡去，嘴里叽叽咕咕，由两个听差搀扶着上楼去了。

过　火

土地测量师格列勃·加甫利洛维奇·斯米尔诺夫坐着火车到达格尼卢希吉火车站。当地有个庄园约他来测定地界,可是他还要坐三四十俄里的马车才能到达庄园(如果车夫不是醉汉,马也不是劣马,那么无须走满三十俄里就可以到达,可是如果车夫喝了酒,马又疲乏,那就足足有五十俄里远的路程了)。

“劳驾,请您告诉我,在这个地方,我该到哪儿去找驿车?”土地测量师对火车站上的宪兵说。

“什么?驿车?这儿方圆一百俄里,连一条像样的狗都找不到,更不要说驿车了。……不过您要到哪儿去?”

“杰夫基诺村,霍霍托夫将军的庄园。”

“哦,”宪兵打个哈欠说,“您到车站外面去,有时候车站广场上有些庄稼汉赶着车子送客人。”

土地测量师叹口气,慢腾腾地走出车站。在那边,经过长久的寻找、谈话、迟疑以后,他找到了一个十分强壮的庄稼汉,神态阴沉,脸上有麻子,身穿破的粗呢外衣,脚上是一双树皮鞋。

“鬼才知道你这辆大车是什么玩意儿!”土地测量师爬上大车,皱起眉头说,“谁也分不清哪边是大车的前身,哪边是后身。……”

“这有什么分不清的?马尾巴在哪儿,哪儿就是前身,您老人家坐在哪儿,哪儿就是后身。……”

那匹劣马还年轻,可是精瘦,四条腿劈开,耳朵上有几处被咬过的伤痕。赶车的欠起身子,用一根由绳子做的鞭子抽它一下,可是它光摇摇头就完了,临到他开口骂街，再抽一鞭子，那辆大车才嘎吱地尖叫一声，哆嗦起来，仿佛得了热病似的。他抽了第三下，大车摇晃了，不过直到抽过第四下，大车才往前移动。

“我们就照这样走一路吗？”土地测量师问道，感到大车颠得厉害，暗暗惊讶俄国的马车夫竟有本领把缓慢得像乌龟爬的步子同把灵魂震得翻来覆去的颠簸结合在一起。

“我们会走到的！”车夫安慰他说，“这匹小母马年轻腿快。……只要让它撒腿跑起来，你就休想止住它。……驾，该死的！”

这辆大车离开车站的时候，天已经擦黑了。在土地测量师的右边，伸展着一片冻结的黑色平原，无边无际。……顺着它往前走，就一定会走到天涯海角。这片平原到地平线那边就不见了，同天空连成一片，寒冷的秋霞正在天边暗淡下去。……道路左边，有一些土丘样的东西在黑暗中耸起，也许是去年的干草垛，也许是村子。至于前边有些什么东西，土地测量师一概看不见，因为视线完全被车夫那宽阔笨拙的后背遮住，望不见前方了。四下里静悄悄的，然而天气寒冷刺骨。

“嘿，这儿好荒凉！”土地测量师暗想，极力用大衣领子盖住耳朵，“一根棍子也没有，一个院子也没有。万一有人来拦路打劫，你就是放炮也不会有人知道。……再者这个车夫也靠不住。……瞧他后背有多么宽！像这样的大自然之子，只要用手指头碰你一下，包管你没命！而且他生得一副凶相，令人起疑。”

“喂，老兄，”土地测量师问，“你叫什么名字？”

“我吗？克里木。”

“那么，克里木，你们这一带怎么样？危险吗？有人抢劫行人吗？”

“这儿还算太平，上帝怜恤我们。……哪里会有人来抢劫呢？”

“没有人抢劫，这才好。……不过，我为了防备起见，还是随身带着三支手枪，”土地测量师撒谎说，“跟手枪这东西，你知道，是开不得玩笑的。就是来十个强盗,我也能应付。……”

天黑了。大车忽然吱吱嘎嘎响起来,尖声叫着,摇摇晃晃,仿佛不乐意似的,往左边拐了个弯。

“他这是要把我拉到哪儿去?”土地测量师暗想,“他本来照直往前走,现在忽然往左拐弯。说不定他,这个坏蛋,要把我带到贼窝里去,而且……而且……这种事也确实有过!”

“喂,”他对车夫说,“那么你是说这儿不危险?这倒可惜了。……我喜欢跟强盗斗一下。……从外表看,我很瘦,有病容,其实我的力气大得跟牛似的。……有一回三个强盗扑到我身上来。……你猜怎么着?我把一个强盗狠狠地揍一顿,结果……结果,你明白,他把灵魂交给上帝了。另外两个也经我送交法院,打发到西伯利亚去做苦工了。我的力气是从哪儿来的,我也说不清。……我一只手抓住一个像你这样体格魁梧的汉子,一下子……一下子就能叫他一个跟头摔在地下。”

克里木回过头来看一眼土地测量师,皱起整个脸,扬起鞭子抽马。

“是啊,老兄……”土地测量师接着说,“求上帝保佑,可别叫那些强盗落在我手里。强盗不但会弄得缺胳膊断腿,还得去吃官司。……所有的法官,所有的警察局长,我都认识。我是官府的人,大人物。……我出外赶路,长官们都知道……他们加意保护我,免得有人对我干出歹事来。一路上,那些灌木丛后面,处处都埋伏着县里的警察和乡村警察。……慢……慢……慢着！你要把我拉到哪儿去?”

“难道您没看见？到树林里去!”

“确实,这是树林……”土地测量师暗想,“我却害怕了！可是我千万不要露出慌了神的样子。……他已经发觉我胆怯了。为什么他不断地回过头来看我？他一定是在打什么主意。……先前这辆车走得慢腾腾,一步一步地磨蹭,可现在却跑得那么快!”

“听我说,克里木,为什么你把马赶得这么快?”

“我又没赶它。是它自己撒腿跑起来了。……它一跑起来，那就什么法子都止不住它。……它长着这样的腿，它自己也不高兴哟。”

“胡说，伙计！我看得出你是胡说！不过我劝你不要把车子赶得这么快。你把马稍稍勒住。……听见没有？勒住！”

“这是为什么？”

“这是因为……因为我有四个同伴要从火车站来找我。得让他们追上我才成。……他们约定了在这个树林里追上我。……跟他们一块儿赶路快活些。……那些人又强壮又结实。……每人都有一支枪。……为什么你老是回过头来看我，像坐在针尖上似的动个不停？啊？我，伙计，那个……伙计……你用不着回过头来看我……我身上没什么有趣的东西。……也许只有手枪还算有趣。……行啊，要是你乐意，我就拿出来给你看。……行啊。……”

土地测量师做出在口袋里摸枪的样子，不料这时候发生了一件他由于胆怯而万万没料到的事情。克里木忽然从大车上摔下去，连滚带爬地跑进丛林里去了。

“救命啊！”他高声喊道，“救命啊！你这该死的，你把马和大车统统抢走吧，只是你别送掉我的命！救命啊！”

随后响起了急促的和远去的脚步声，枯枝的断裂声，然后一切归于沉寂了。……土地测量师没料到车夫会发出这样的责难。他头一件事就是把马勒住，然后在大车上坐得舒服点，开始思索。

“他逃跑……害怕了，这个傻瓜。……得，现在可怎么办？我一个人继续赶路可不行，因为我认不得路，而且人家会以为我把他的马偷走了。……怎么办呢？”

“克里木！克里木！”

“克里木！……”回声接应道。

土地测量师想到他只得通宵守在树林里挨冻，光听着狼嗥声和瘦马的喷鼻声，他脊梁上就起了鸡皮疙瘩，仿佛有一把冰凉的锉刀在锉他似的。

“克里木！”他叫道，“好朋友！你在哪儿啊，克里木？”

土地测量师叫了两个钟头光景，一直喊到声嘶力竭，死了心，准备在树林里过夜，微弱的清风才把一个什么人的呻吟声送到他耳边来。

“克里木！是你吗，好朋友？我们赶着车子走吧！”

“你……你会把我弄死的！”

“可我是闹着玩的，好朋友！我要是说了假话就叫上帝惩罚我，我真是闹着玩的！我哪有手枪啊！这是我吓得胡说的！劳驾，我们赶路吧！我要冻死了！”

克里木大概考虑到真正的强盗早就会连车带马赶走，跑得无影无踪了，于是他从树林里走出来，迟疑不定地走到他的乘客身边来。

“哎，傻瓜，你怕什么呀？我……我是闹着玩的，你却吓坏了。……你上车吧！”

“求上帝跟你同在，老爷，”克里木嘟哝着，爬上大车，“要是我早知道会这样，那就是给我一百卢布，我也不会赶这趟车。我差点活活吓死。……”

克里木扬起鞭子抽小马。大车开始颤抖。克里木又抽了一鞭子，大车摇晃一下。等到抽完第四下以后，大车才开始移动。土地测量师竖起衣领，遮住耳朵，沉思不语。在他看来，道路和克里木不再显得危险了。

在 异 乡

星期日中午。地主卡梅谢夫在他家饭厅里一张摆着豪华餐具的桌子旁边坐着，慢腾腾地吃早饭。跟他同桌进餐的是个装束整洁、胡子刮光的法国老人沙木朋先生[①]。这位沙木朋以前在卡梅谢夫家里做过家庭教师，教他的孩子们学习礼节、正确的发音、舞蹈，后来卡梅谢夫的孩子们长大，做了中尉，沙木朋就留下来，充当男保姆[②]一类的角色了。这个旧日家庭教师的职

---

① 原文为法语 monsieur 的简称。

② 原文为法语。

责并不复杂。他只要打扮得体面,身上散发出香水的气味,倾听卡梅谢夫扯淡,吃饭,喝酒,睡觉,此外似乎就没有什么事了。由于这个职务,他得到伙食、一个房间和一份不固定的薪金。

卡梅谢夫吃着饭,照例闲扯起来。

"辣得要命!"他吃下一块涂着很多芥末酱的火腿,擦干眼睛里流下的泪水,说,"嘿!这股辣劲儿直冲脑门和所有的关节。可是你们法国的芥末酱,哪怕吃下满满一罐,也没这么大的劲头。"

"有的人喜欢吃法国的芥末酱,有的人喜欢吃俄国的……"沙木朋温和地说。

"谁也不喜欢法国芥末酱,也许只有法国人才喜欢。不过法国人是不管你给他端去什么,统统都会吃掉的:什么蛤蟆啦,耗子啦,蟑螂啦,样样都吃。……哎呀呀!喏,比方说,这种火腿您就不喜欢,因为它是俄国的,不过要是给您端来一块烤过的玻璃,说这是法国菜,您就会吃下去,还要吧嗒嘴唇呢。……依您看来,所有俄国的东西都很糟。”

“我没说过这话。”

“所有俄国的东西都很糟，可是一讲到法国的东西，那就‘啊，这太可爱啦！[1]’依您看来，再也没有一个国家比法国更好了，可是依我看来……哼，凭良心说，法国算得了什么？很小的一块地罢了！要是把我们的县警察局长派到那儿去，他不出一个月就会要求调回来：那儿小得转不过身来！只要坐上一天车，人就能走遍你们整个法国，可是在我们这儿，你坐车走出大门，却看不见土地的尽头！尽管走呀走的……”

“是的，先生，俄国是个大国。”

“说的就是嘛！依您看来，再也没有人比法国人更好。法国人有学问，聪明！文明！我同意，法国人都有学问，讲礼貌……这的确如此……法国人素来不允许自己失礼：总是赶紧给女人让坐，吃龙虾不用叉子，

① 原文为法语。

不随地吐痰，可是……单缺那么一种精神！他们缺少那么一种精神！我简直没法跟您解释清楚，这话该怎么说呢，法国人缺乏那么一种，那么一种……”说话的人活动着手指头，“……那么一种……法学上的东西。我记得在一本什么书上读到过，你们那些人的智慧都是后天得来，从书本里学来的，可是我们的智慧却生来就有。如果俄国人认真学科学，那么，你们那些法国教授就没有一个及得上我们。”

“也许吧……”沙木朋说，口气显得勉强。

“不，不是也许，而是一定！用不着皱眉头，我说的是实话！俄国人的智慧是发明的智慧！不过，当然，俄国人没有施展的机会，而且也不会吹牛。……俄国人发明了一种什么东西，就随手把它弄坏，或者拿给小孩子们去玩，可是你们法国人发明了一种无聊的东西，就要大嚷大叫，好让全世界都听见。前些日子马车夫姚纳用木头做了个小人，你一拉小人身上的线，它就会做出不成样子的怪相。可是姚纳就没有吹牛。一般说来……我不喜欢法国人！我不是说您，我是泛泛而论的。……他们是不道德的人！外表上他们倒还像人，可是他们的生活却像狗一样。……比方拿婚姻来说。我们这儿的人要是结了婚，就守着老婆，没话可说，可是你们那儿，魔鬼才知道是怎么回事。丈夫成天价在咖啡馆里坐着，而老婆呢，却让家里挤满了法国男人，跟他们大跳康康舞①。"

"这不是实情!"沙木朋忍不住说，涨红了脸，"在法国，家庭的原则是很受尊重的!"

"我们可知道这种原则！您为它辩护，应当害臊才是。我们应该公平：猪就是猪。……谢谢德国人，多亏他们打败了法国人②。……真的，要谢谢他们。求上帝保佑他们健康。……"

"既是这样，先生，我不明白，"法国人跳起来，闪

① 19世纪30年代流行于法国巴黎舞厅的一种轻快而并不高尚的舞蹈。

② 指普法战争中法国败北。——俄文本编者注

着发亮的眼睛说,“既然您痛恨法国人,您又何必留住我呢?”

“可是我把您送到哪儿去呢?”

“您放我走,我就回法国去!”

“什么?难道人家现在会让您回到法国去?要知道,您是您祖国的叛徒!您时而认为拿破仑①是伟人,时而认为甘必大②是伟人……魔鬼都闹不清您是怎么回事!”

“先生,”沙木朋用法国话说,嘴里喷出唾星,手里揉着餐巾。“您太侮辱我的感情了,就连我的敌人也不会想出这样一手!现在什么都完了!!”

法国人用手做出一种悲剧的手势,彬彬有礼地把餐巾丢在桌子上,怀着尊严地走出去。

过了三个钟头,桌子上换了餐具,仆人开中饭了。

---

① 指拿破仑三世(1808—1873),法国皇帝。——俄文本编者注

② 甘必大(1838—1882),19世纪法国共和派政治家,法国总理(1881—1882)。——俄文本编者注

卡梅谢夫一个人坐下来吃饭。喝完饭前的一杯酒后，他产生了扯淡的渴望。他想谈天，可是没有人听。……

“阿尔丰斯·留朵维科维奇在干什么?”他问听差说。

“他在收拾箱子，老爷。”

“这个呆子，求上帝饶恕吧！……”卡梅谢夫说着，往法国人的房间走去。

沙木朋在他房间中央的地板上坐着，用发抖的手把他的内衣、香水瓶、祈祷书、背带、领结陆续放进皮箱里。……他整个优美的身体、皮箱、床铺、桌子，一概发散出优雅和文弱的气息。他那天蓝色的大眼睛里流出大颗的泪珠，滴在那口皮箱上。

“您要到哪儿去?”卡梅谢夫站了一会儿，问道。

法国人没有说话。

“您是想走掉吗?”卡梅谢夫接着说，“好吧，那也随您的便。……我不敢留住您。……不过奇怪的是：

您没有身份证怎么能出门呢？这就叫我纳闷了！您知道，我可是把您的身份证弄丢了。我不知把它夹在什么地方的一叠纸里，就此找不到了。……可是在我们国家，查身份证是很严的。您还没走出五俄里去，人家就把您抓住了。”

沙木朋抬起头，不相信地瞧着卡梅谢夫。

“是啊。……您等着瞧吧！人家凭您的脸色就看得出您没有身份证，马上问：‘你是什么人？阿尔丰斯·沙木朋！我们可知道这些阿尔丰斯·沙木朋是怎么回事！莫非您愿意让人押解到不那么遥远的地方去[1]！”

“您这是开玩笑吧？”

“我开玩笑干什么！我何苦开玩笑呢！不过请您注意，我预先跟您打好招呼：您走后可别哭哭啼啼，写信来。哪怕人家给您戴上镣铐，押着您走过我面前，我

---

① 指流放。

也不会动一下手指头！”

沙木朋跳起来，脸色苍白，瞪大眼睛，迈开步子在房间里走来走去。

“您是在怎样对待我呀?!”他说，绝望地抱住头，“我的上帝呀！我悔不该生出离开祖国的有害念头，产生这种念头的那个时辰真该受到诅咒！”

“得了，得了，得了……我是说着玩的！”卡梅谢夫压低声音说，“您真是个怪人，连说笑话都不懂！闹得人连话也不能说了！”

“我的朋友！”沙木朋听见卡梅谢夫的口气，放了心，尖声叫道，“我向您起誓，我喜爱俄国，喜爱您，喜爱您的孩子。……离开您，对我来说，就像要我死掉一样难受！可是您的每句话都刺痛了我的心！”

“哎，怪人！我骂法国人，您又何必生气呢？我们骂过的人还少吗，那么大家都该生气？您真是个怪人！您该学我的佃户拉扎尔·伊萨基奇的榜样才对。……我骂他这个，骂他那个，骂他犹太人，骂他浑身长满疥疮,用我衣服的底襟做出个猪耳朵①,揪他的长鬓发②……可是他就不怄气!”

“可是话说回来,他是个奴隶!他为一个小钱,情愿低三下四!”

“得了,得了,得了……够了!咱们去吃饭!言归于好吧!”

沙木朋就在他泪痕斑斑的脸上扑了点粉,跟卡梅谢夫一起往饭厅走去。头一道菜在沉默中吃完,可是吃完第二道菜后,老一套又来了,于是沙木朋的苦难永无止境。

① 旧时犹太人按宗教信仰不吃猪肉,这里是对犹太人的恶意嘲弄。
② 守旧的犹太人留着长鬓发。

太 太 们

某省国民学校督学官费多尔·彼得罗维奇自命为公平而宽厚的人,有一天在办公室里接见教员符烈敏斯基。

"不,符烈敏斯基先生,"他说,"您退休已经是不可避免的事了。您的嗓音既是这样,就不可能继续担任教员工作。不过您的嗓子怎么会哑了呢?"

"我在出汗的时候喝了冷啤酒……"教员嗓音嘶哑地说。

"太可惜了!一个人工作了十四年,却忽然碰上这种倒运的事！鬼才知道，一个人的前程竟然给区区一件小事断送了。那么今后您打算怎么办呢？"

教员一句话也没回答。

"您成家了吧？"督学官问。

"我有妻子和两个孩子，大人……"教员嗓音嘶哑地说。

紧跟着是沉默。督学官在桌旁站起来，从这个墙角走到那个墙角，神情激动。

"我想不出来该拿您怎么办才好！"他说，"您不能做教员了，可是您还不够资格领养老金。……听任您去受命运的摆布、自生自灭吧，那又不大妥当。对我们来说，您是自己人，工作过十四年，因此我们应该帮助您。……可是怎么帮助呢？我能帮您什么忙呢？您替我设身处地想一想：我能帮您什么忙呢？"

紧跟着是沉默。督学官走来走去，不住地思索。符烈敏斯基满腔愁苦，在椅子边上坐着，也在思索。忽然，督学官眉开眼笑，甚至打了个榧子。

“奇怪,我早先怎么就没想起来!”他很快地开口说,“您听着,我可以给您想这样一个办法。……下星期我们孤儿院里的文书就要辞职退休了。要是您愿意的话,就接替他的职位吧!这就行了!”

符烈敏斯基没料到会得着这样的恩典,也眉开眼笑了。

“好得很,”督学官说,“那您今天就去写申请书吧。……”

费多尔·彼得罗维奇把符烈敏斯基送走以后,觉得心头轻松,甚至颇为畅快!那个嗓音嘶哑的教师的佝偻身躯总算不在他面前晃悠了。他想到他把那个空缺给符烈敏斯基,是本着良心公平办事的,自己不愧是个善良而又十分正派的人,这也使他感到愉快。可是这种良好的心境没有持续很久。等他回到家里,坐下来吃饭,他妻子娜斯达霞·伊凡诺芙娜忽然想起一件事,说:

“哦,是啊,我差点忘记了!昨天尼娜·谢尔盖耶芙娜到我这儿来,替一个青年人说情。据说我们孤儿院里就要有个空缺了。……”

“是的,不过那个职位我已经应许别人了,”督学官说,皱起眉头,“你知道我的原则:我从不凭情面给人职位。”

“我知道,不过对尼娜·谢尔盖耶芙娜,我认为,不妨破一回例。她爱我们就像爱亲人一样,可是我们至今都没替她办过什么事。你千万不要拒绝,费佳①!要是你执意不肯,就不但得罪她,也惹得我不高兴了。”

“那么她推荐的是什么人呢?”

“波尔祖兴。”

“哪个波尔祖兴?就是新年在俱乐部里扮演恰茨基②的那个人吗?就是那位先生?那可说什么也不行!”

---

① 费多尔的爱称。

② 俄国剧作家格里鲍耶陀夫的剧本《智慧的痛苦》里的人物。

督学官停住嘴不吃饭了。

“那可不行!”他又说一遍,“求上帝别让我干这种事!”

“那是为什么?”

“你要明白,小母亲,一个青年人不直接出面,却托女人说情,可见他是个没出息的家伙!为什么他不亲自来找我呢?”

饭后督学官在书房里沙发上躺下,开始读他收到的报纸和信。

“亲爱的费多尔·彼得罗维奇!”市长夫人在写给他的信上说,“您有一次说我善于了解人的心,善于了解人。现在您有机会用实际行动来证实这句话了。这几天会有个名叫克·尼·波尔祖兴的人到您那儿去,要求承担我们孤儿院里文书的职位,我认为他是个优秀的年轻人。这个青年很招人喜欢。要是您对他抱同情的态度,就会相信……”等等。

“说什么也不行!”督学官说,“求上帝别让我干这种事！”

这以后，督学官没有一天不收到推荐波尔祖兴的信。在一个天气晴和的早晨，波尔祖兴本人来了。他是个体态丰满的青年人，脸孔像赛马的骑手那样刮得精光，身上穿一套黑色的新衣服。……

“我素来不在这儿接见办理公务的人，而是在办公室里。”督学官听完他的请求后，干巴巴地说。

“请您原谅，大人，不过我们双方都认得的熟人却劝我一定要到这儿来。”

“哼！……”督学官没好气地嘟哝了一声，怀着憎恨的心情瞧他的尖头皮鞋。“据我所知，”他说，“您父亲有财产，您并不缺钱用，那您何必谋这个职位呢？要知道薪金极少！”

“我倒不是为了薪金，而是……这好歹也算是官府的差事啊。……”

“哦。……我觉得您不出一个月就会厌倦这个职务，丢掉不干了，然而同时，却有些候缺的人把这个职位当作终生的事业。……有一些穷人，对他们来说……”

“我不会厌倦那个差事，大人！”波尔祖兴插嘴说，“我用人格担保，我会努力工作！”

督学官冒火了。

“您听着，”他轻蔑地微笑着说，“为什么您不直接来找我，却认为有必要先去惊动那些太太？”

“我不知道这样做您会觉得不愉快，”波尔祖兴回答说，心慌意乱，“不过，大人，如果您认为那些推荐信毫无意义，那么我可以给您看一个证明文件。……”

他从衣袋里取出一份公文，递给督学官。证明文件是用官厅的文体和笔迹写成的，下边有省长的签名。从种种迹象可以看出，省长并没看内容就签了名，目的仅仅在于摆脱一个纠缠不已的太太。

“这就没有办法了，我鞠躬……我遵命……”督学官读完证明文件说，叹一口气，“明天您把申请书交上来吧。……这就没有办法了。……”

等波尔祖兴走后，督学官压不住满腔憎恶的心情。

"没出息的家伙！"他咬着牙说，从这个墙角走到那个墙角，"他到底还是达到了目的，这个不中用的绣花枕头，专拍太太们的马屁！坏蛋！畜生！"

督学官朝波尔祖兴走出去的门口大声吐一口唾沫，可是忽然，他发窘了，因为这时候正巧有个太太走进书房里来，她是省税务局局长的夫人。……

"我来一下就走，来一下就走……"太太开口说，"您坐下，干亲家，请注意听一下我的话。……喏，据说您这儿出了个空缺。……明天或者今天就会有个年轻人到您这儿来，一个姓波尔祖兴的。……"

太太嘁嘁喳喳讲个不停，可是督学官却用无光而且失神的眼睛瞧着她，就像快要昏厥似的。他瞧着她发呆，出于礼貌而赔着笑脸。

第二天督学官在办公室里接见符烈敏斯基，很久都下不了决心把真相告诉教员。他游移不定，讲话前言不搭后语，不知道从何说起，也不知道该说什么好。

他想对教员道歉,把事情的真相原原本本对教员说一遍,可是他舌头像醉汉一样不灵便,耳朵发烧。忽然,他想到他竟然在自己的办公室里,当着他下属的面,扮演这样一种荒唐的角色,就不由得又气愤又烦恼。他突然拍一下桌子,跳起来,怒冲冲地叫道:

“我这儿没有您的职位!没有,没有!请您不要打搅我!不要折磨我!您干脆躲开我,劳驾!”

说完,他就走出办公室去了。

强烈的感受

事情发生在不太久以前莫斯科地方法院里。有几个陪审员留下来在法院里过夜,他们躺下就寝以前谈起强烈的感受。他们所以谈到这一点,是因为想起一个证人,用他自己的话来说,由于经历过一件可怕的事而变得说话结巴,须发皆白了。那些陪审员决定在入睡以前各人搜索一下各人的记忆,讲点什么事。人的一生是短促的,不过话虽如此,仍然没有一个人能够夸口说他过去没有经历过可怕的事。

一个陪审员讲起他怎样失足落水,另一个陪审员讲起他当初在一个既没有医生，也没有药房的地方居住过，一天晚上怎样错把白矾当作苏打，给他的孩子吃了，使孩子中了毒。孩子倒没死，可是父亲几乎发了疯。第三个年纪还不算老，然而有病，叙述他怎样两次企图自杀：一次是对自己放一枪，另一次是扑到火车底下去。

第四个是身材矮小、装束考究的胖子，讲了下面这件事：

“我在二十二三岁的时候，没命地爱上了我现在的妻子，向她求婚。……现在，我想到我那么早就结了婚，恨不得拿鞭子把自己抽一顿才好，可是当时，如果娜达霞回绝了我，我真不知道我会出什么事呢。我那种爱情是最真诚不过的，就跟长篇小说里描写的一样，疯狂，热烈，等等。我的幸福闹得我透不出气来，我不知道怎样才能躲开它，我一味讲我自己的热恋，惹得我的父亲、朋友、仆人都听厌了。幸福的人是最讨厌和最乏味的人。我惹得人家讨厌极了，甚至现在我还觉得害臊呢。……

“当时，在我的朋友当中，有个新开业的律师。现在这个律师已经在全俄国成名，可是当时他还初露头角，还没发财，他的名气也还没有大到见了老朋友可以装做不认识或者不脱帽子的地步。我每星期总要到他家去一两次。我到了他家，我们两人就在长沙发上舒服地坐下，开始高谈阔论。

“有一次我在长沙发上躺着，讲起再也没有比做律师更费力不讨好的职业了。我打算证明，法庭在审完证人以后很可以结案，无须有检察官和辩护人，因为这两种人不必要，反而碍事。如果一个成年的陪审员神志健全、头脑清楚，相信这块天花板是白的，或者伊凡诺夫有罪，那么不论什么样的德摩西尼[①]都没有力量同这种信念进行斗争而战胜它。如果我知道我的唇髭是黑的，那么谁能说得我相信我生着红唇髭呢？我

① 德摩西尼（前384—前322），古雅典的著名演说家和政治家。

听着演说家发表讲演，也许会大动感情，哭起来，可是我的根本信念丝毫也不会改变，因为它大半是建立在毫无疑问的物证和事实上的。可是我熟识的这个律师却口口声声说我还年轻，不懂事，我说的都是孩子气的废话。按他的看法，毫无疑问的事实经认真而内行的人加以阐发，就会变得越发清楚，这是一；第二，才能是一种移山倒海的力量，是飓风，所过之处连岩石都会化为灰尘，更不用说像小市民或者二等商会的商人的信念那类无足轻重的东西了。人类软弱无力，很难对抗才能，犹如硬要看着太阳而不眏眼，或者硬要止住大风一样。一个普通人凭借话语的力量就能把成千上万有坚强信念的野蛮人变成基督徒。奥德修斯[①]是世界上最坚定不移的人，可是在塞壬[②]面前却屈服了，等等。

---

① 古希腊叙事诗《奥德修纪》中的英雄，诗中叙述他在特洛伊战争结束后的历险情况。

② 希腊神话中的半女半鸟的海妖，常用歌声诱惑水手，然后将他杀死。奥德修斯在海上漂泊时遇到过她们。

全部历史就由这类事例构成，在生活里也每一步都可以遇到这类事例。再者，这也是势所必然，否则聪明而有才能的人就丝毫不会比愚蠢而没有才能的人高明了。

“我坚持我的见解，仍然说信念比任何才能都强，不过老实说，究竟什么叫信念，什么叫才能，我自己也弄不大清。多半我只是为说话而说话罢了。

“‘就拿你来说吧……’律师说，‘目前你相信你的未婚妻是天使，全城再也没有一个人比你幸福。可是我跟你说：我只要用十分钟或者二十分钟，就足以使你在这张桌子旁边坐下，写信跟你的未婚妻中断关系。’

“我笑起来。

“‘你不要笑，我是认真这么说的，’我的朋友说，‘只要我愿意，不出二十分钟，你就会想到你不必结婚而觉得幸福了。我没有什么了不起的才能，不过你也不是一个强有力的人啊。’

“‘那么来吧，你试试看！’我说。

“‘不,何苦呢?我只是随便说说罢了。你是个好孩子,叫你受这样的考验也太残忍。再者我今天也没有那种兴致。’

“我们坐下来吃晚饭。我喝着酒,脑子里想着我所爱的娜达霞,我的全身心就充满了青春和幸福。我的幸福简直广大无边,我甚至觉得坐在对面、生着一对绿眼睛的律师像是个不幸的人,那么矮小,那么灰色。……

“‘你试一试!’我缠住他说,‘好,我求求你!’

“律师摇头,皱起眉峰。看样子,我已经惹得他讨厌了。

“‘我知道,’他说,‘等我试验过以后,你会向我道谢,把我叫做救命恩人,不过,我们也要替你的未婚妻想一想。她爱你,你丢弃她,就会害得她伤心。她多么可爱啊!我真羡慕你。’

“律师叹口气,喝了点酒,开始讲我的娜达霞多么可爱。他有一种不同寻常的描绘才能。他说到女人的睫毛或者小手指头，能给您讲出一大套话来。我听得津津有味。

“‘我生平见过许多女人，’他说，‘不过我用人格向你担保，我凭朋友的资格说，你的娜达丽雅[①]·安德烈耶芙娜是一颗珍珠，是一个少有的姑娘。当然，说句不怕你见怪的话，缺点是有的，甚至很多，不过她仍然迷人。’

“律师就讲起我未婚妻的缺点。现在我很明白，他其实是在谈一般的女人，谈女人的一般弱点，然而当时我却以为他是专指娜达霞说的。他赞叹她那翘起的鼻子、她那惊叫声、她那尖得刺耳的笑声、她的装腔作势，总之，正好是我不喜欢她的那些地方。所有这些，依他看来，却无限妩媚，优雅，娇柔。不久，我自己也没有留意到，他就已经从热情的口吻渐渐换成父辈的教训口吻，后来又换成轻松的鄙夷口吻了。……法庭的

① 上文的娜达霞是娜达丽雅的爱称。

审判长不在我们这儿,因此没有人来制止这个口若悬河的律师。我没有机会张嘴,再者我能说些什么呢?我朋友的那些话并不新奇,是大家早已熟悉的。全部毒素不在于他说了些什么,而在于那种可恶的形式。鬼才知道这是什么形式!当时我听着他讲,不由得相信同一个词有一千种含意和色彩,这要看你说出来的口气,赋予句子什么形式。当然,我不能向你们表达那种口气,那种形式,我只能说我听着这个朋友讲话,从这个墙角走到那个墙角,跟他一块儿愤慨,发怒,鄙视。临到他眼泪汪汪地向我声明说,我是个伟大的人,我理应有比较好的命运,将来我注定会做出一番特别的事业,婚姻却可能妨碍我,我听了竟相信他的话了!

"'我的朋友!'他紧紧握住我的手,叫道,'我央求你,恳求你:趁时机还不太迟,你别这么干!别这么干了!求上帝保佑,你千万不要犯下可怕的大错!我的朋友,你不要断送你的青春啊!'

"信不信由您,反正到头来我在桌旁坐下,给我的未婚妻写退婚信了。我一面写,一面暗自高兴,改正错误的时机总算还没有过去。我封好信,赶紧走到街上,把它送进邮筒。律师也跟我一块儿去了。

"'好得很! 太好了!'等到我在黑暗中把我写给娜达霞的信塞进邮筒,他就称赞我说,'我从心底里祝贺你。我为你高兴。'

"律师跟我一块儿大约走出十步,他继续说:

"'当然,婚姻也有它好的一面。比方说,我就是那种把婚姻和家庭生活看得重于一切的人。'

"他就描绘他的生活,于是孤寂的单身生活的种种坏处就呈现在我面前。

"他热情地讲到他未来的妻子,讲到一般的家庭生活的妙处。他赞叹得那么动听,那么诚恳,等到我们走到他家门口的时候,我已经急坏了。

"'你这是在怎么对待我呀,可怕的人?!'我上气不接下气地说,'你害苦我了! 为什么你逼着我写那封该死的信? 我爱她,我爱她呀!'

“我为我的爱情赌咒发誓,我被我的行动吓坏了,我已经觉得我的行动既荒唐,又毫无意义。诸位先生,要设想一种比我当时体验到的更强烈的感受,那简直不可能。啊,当时我经历了什么样的心境,有过什么样的感受!要是当时有个好心人,拿给我一支手枪,我真会高高兴兴往我额头上放一枪呢。

“‘哦,得了,得了……’律师说,拍着我的肩膀,笑起来,‘你别哭了。那封信到不了你未婚妻手里。信封上的地址不是你写的,是我写的。我把它写得很乱,邮局的人一个字也认不出来。不过,整个这件事对你倒也是一个教训:凡是你不懂的事,你就不要争论。’

“现在,诸位先生,我提议由下一位来讲。……”

等到第五个陪审员坐得舒服点,刚张开嘴要讲他的事,斯巴斯高塔上的时钟敲响了。

“十二点了……”一个陪审员数着钟声说,“诸位先生,你们把我们的被告目前经历的感受归到哪一类去呢?他,那个杀人犯,就在这儿,在法院的拘留所里过夜，目前正躺着或者坐着，而且当然，没睡着，在这不眠的一夜里听着这种钟声。他在想些什么？有些什么样的幻想钻进他脑子里去？”

不知怎么，那些陪审员忽然全都忘了“强烈的感受”。他们的同事当初给他的娜达霞写过信后经历到什么样的心情，已经显得不重要，甚至也不那么有趣了。再也没有人开口讲话，大家都一声不响，悄悄地躺下睡了。……

皮　靴

钢琴调音师穆尔金是个脸色发黄、胡子刮光的人，鼻子上粘着鼻烟，耳朵里塞着棉花。他从公寓房间里走出来，站在过道上，用破锣般的嗓音嚷道：

“谢敏！茶房！”

要是有人瞧见他惊恐的脸色，就可能以为天花板上的灰泥砸到他身上来了，要不然就是他刚刚在房间里见到了幽灵。

“求上帝饶恕吧，谢敏！”他看见茶房向他跑过来，就嚷道，“这是怎么回事？我是个有病的人，害着风湿症,可是你却逼我光着脚出门!为什么你直到这时候还没有把皮靴拿给我?那双皮靴在哪儿?”

谢敏走进穆尔金的房间,瞧了瞧他往常安放他擦好的皮靴的地方,搔一下后脑壳:那双皮靴果然不在那儿。

“那么它们会在哪儿呢,该死的东西?”谢敏说,“昨天傍晚我好像已经擦好那双靴子,把它放在这儿了。……嗯!……昨天,老实说,我喝了点酒。……多半我把它放在别的房间里了。一定是这样,阿法纳西·叶果雷奇,放在别的房间里了!当时有那么多双皮靴,而我又喝醉了酒,糊里糊涂,鬼才分得清哪一双是谁的。……大概我放到隔壁的太太的房间里……放到女演员的房间里去了。……”

“那可好,都因为你,我现在却要去惊动那位太太!那可好,为了这么点小事,我要去叫醒一个规矩的女人!”

穆尔金不住地叹气,咳嗽,走到隔壁房间门口,小心地敲门。

“谁呀？”过了一会儿，一个女人的声音响起来。

“是我，太太！”穆尔金用悲凉的声调开口说，按照骑士同贵妇人讲话的那种姿势站在那儿。“请原谅我来打搅，太太，我是个有病的人，害着风湿症。……太太，大夫吩咐我脚上要穿暖，特别是因为我现在就要到将军夫人谢威里岑娜雅家里去调理钢琴。我不能光着脚走到她家里去！……”

“可是您有什么事？什么钢琴？”

“不是钢琴，太太，而是关于皮靴的事！谢敏这个糊涂虫擦完我的皮靴，一时弄错，放到您的房间里去了。太太，请您费心把我的皮靴拿给我！”

房间里响起了窸窸窣窣的声音、下床的声音、趿拉拖鞋的声音，这以后房门微微打开，一只女人的胖胖的小手把一双皮靴丢在穆尔金脚跟前。钢琴调音师道过谢，往他的房间走去。

“奇怪……”他一面穿皮靴，一面嘟哝说，“好像这一只不是右脚的靴子。是啊,这两只都是左脚的靴子!两只左脚的!你听我说,谢敏,这不是我那双靴子!我那双靴子有红色的拉襻,没有打过补丁,这一双却破破烂烂,没有拉襻!"

谢敏拿起那双皮靴,放到眼睛跟前,翻来覆去看了几次,皱起眉头。

"这是巴威尔·亚历山德雷奇的皮靴……"他斜起眼睛瞧着,叽咕说。

他的左眼是斜视的。

"哪个巴威尔·亚历山德雷奇?"

"是个男演员。……他每星期二都到这儿来。……看样子,他没穿他的皮靴,却把您的穿走了。……可见我把两双皮靴,他的和您的,都放在那个房间里了。伤脑筋!"

"那你拿去换来!"

"您说得好轻巧!"谢敏冷笑着说道,"'你拿去换来'。……可现在叫我到哪儿去找他?他已经走了一个钟头。……到野外去找风吧!”

“那么他住在哪儿?”

“谁知道!他每星期二都到这儿来,至于他住在哪儿,我们却不知道。他来了,住上一夜,然后你就得等到下个星期二。……”

“看你干的好事,你这头猪!瞧,现在我可怎么办!我现在正要到将军夫人谢威里岑娜雅家里去,你这该死的!我的脚已经受冻了!”

“要换这双皮靴也等不了多久。您先穿上这双皮靴,一直穿到傍晚,然后您到戏院去。……在那儿您找男演员勃里斯达诺夫。……要是您不愿意到戏院去,那就只好等到下个星期二。他只有星期二才到这儿来。……”

“可是为什么这是两只左脚的靴子呢?”钢琴调音师嫌恶地动手穿那双皮靴,问道。

“上帝赐给他什么,他就穿什么呗。这都是因为穷。……一个当演员的,到哪儿去找皮靴穿呢?……

我说:‘瞧瞧您这双皮靴,巴威尔·亚历山德罗维奇!简直是丢脸!’他就说:‘你少说废话!我一说出来,管保吓得你脸色发白!我演伯爵和公爵就是穿这双皮靴!’怪人!一句话,他是个戏子。如果我是省长或者什么长官,我就会把这些演员统统抓起来,关进监牢里去。”

穆尔金不住地嗽喉咙,皱眉头,把两只左脚的靴子勉强套在脚上,一瘸一拐地往将军夫人谢威里岑娜雅家里走去。他在城里走了一整天,调整钢琴的音律,这一整天觉得全世界的人都在瞧他的脚,看他脚上那双打了补丁和歪了后跟的皮靴!除了精神上的痛苦以外,他还遭到肉体上的痛苦:一只脚磨出水泡来了。

傍晚他走进戏院。那儿在上演《蓝胡子》①。一直到最后一幕开场以前,而且多亏他认识的吹长笛的乐师说情,他才得到许可,走到后台去。他走进男化妆

① 法国作曲家奥芬巴赫根据法国作家彼罗的童话《蓝胡子的七个妻子》改编的一个小歌剧。——俄文本编者注

室,在那儿见到全体男演员。有的在换衣服,有的在搽油彩,有的在吸烟。蓝胡子跟国王包贝希站在一块儿,拿着一支手枪给国王看。

“你买下吧!”蓝胡子说,“这是我在库尔斯克城碰上好运气,花八卢布买下的。嗯,我把它让给你,只要你出六卢布就成。……百发百中!”

“你要小心点。……要知道,这枪已经装上子弹了!”

“我能见见勃里斯达诺夫先生吗?”走进来的调音师问道。

“就是我!”蓝胡子回转身去对他说,“您有什么见教?”

“请原谅我来打搅,先生,”钢琴调音师用恳求的声调开口说,“不过,请您相信……我是有病的人,害着风湿症。……大夫吩咐我脚上要穿暖。……”

“可是,说真的,您有什么事?”

“您要知道,先生……”调音师继续对蓝胡子说,

“那个……昨天晚上您住在商人布赫捷耶夫的公寓……六十四号房间里。……”

“咦，你胡扯些什么呀！”国王包贝希冷笑道，“住在六十四号房间里的是我的妻子！”

“您的妻子？很高兴，先生……”穆尔金说，微微一笑，“就是她，您的妻子，亲手把他的皮靴交给我的。……他，”调音师指着勃里斯达诺夫说，“他从她那儿走掉以后，我发现皮靴不在了，就找起来……您知道，我就叫茶房，茶房说：‘先生，我把您的皮靴放在隔壁房间里了！’他当时喝醉了酒，一时出错，把我的和您的皮靴，”穆尔金转过脸去对勃里斯达诺夫说，“都放在六十四号房间里了。可是您从他太太那儿走掉的时候，把我的皮靴穿走了。……”

“您说的都是什么话！”勃里斯达诺夫说，皱起眉头，“您是到这儿来造谣中伤还是怎么的？”

“一点也不是！上帝保佑我不干这种事！您没有听明白我的意思，先生。……我到底说的是什么？说的是皮靴！您不是在六十四号房间里过夜的吗？”

“什么时候？”

“昨天晚上，先生。”

“那么您在那儿看见我了？”

“没有，先生，我没有看见，”穆尔金极其慌张地回答说，同时坐下来，赶紧脱掉皮靴，“我没有看见，先生，可是您的皮靴，喏，就是他的太太丢给我的。……这不是我的皮靴，先生。”

“先生，您究竟有什么权利反复地说这类话？姑且不谈我，您还侮辱了那个女人，而且是当着她丈夫的面！”

后台掀起了轩然大波。国王包贝希，那个受到侮辱的丈夫，忽然满脸通红，而且用尽平生的力气，一拳头砸在桌子上，弄得隔壁化妆室里的两个女演员感到头都晕了。

“你相信这些话？”蓝胡子对他嚷道，“你相信这个坏蛋？哼哼！你要不要我把他像狗似的打死？要吗？

我会把他打成一块煎牛排！我要把他剁成肉酱！”

凡是那天傍晚在夏季剧院旁边市立公园里游逛的人，至今常常讲起第四幕戏开演之前，他们看见一个光着脚的人从剧院里窜出来，沿着大道飞奔而去，那个人脸色发黄，目光充满恐惧。在他后面，有个身穿蓝胡子服装的男人追上去，手里拿着枪。至于以后出了什么事，就没有人看见了。大家只知道穆尔金同勃里斯达诺夫相识后，在床上卧病两个星期，除了说“我是个有病的人，害着风湿症”外，又加上一句话：“我是个受伤的人。”……

祸　　事

“是谁在那儿走路啊?”

没有人答话。看守人并没有看见什么,只是在风声和树叶声中,清楚地听见他前面林荫道上有人走路。三月的夜晚多云有雾,笼罩着大地,看守人觉得大地、天空、他自己以及他的思想,统统融合成一个巨大而漆黑的东西。他只能摸索着走路了。

“是谁在走路?”看守人又说一遍,他仿佛听见低语声和压抑的笑声,“是谁呀?”

“是我,老兄……”一个苍老的声音回答说。

“可你是谁？”

“我是……过路的。”

“什么过路的？”看守人生气地叫道，想用叫声遮盖他的恐惧，“必是魔鬼把你弄到这儿来的！半夜三更，你这怪物，跑到墓园里来闲逛！”

“难道这儿是墓园吗？”

“不是墓园是什么？当然是墓园！你没看见吗？”

“哎呀呀。……圣母啊！”传来了苍老的叹息声，“我什么也看不见，老兄，什么也看不见。……你看，天这么黑，黑极了。伸手不见五指啊。真是黑，老兄！哎呀呀。……”

“可你是干什么的？”

“我是朝圣的，老兄，朝圣参拜的。”

“这些魔鬼，这些夜游神。……什么朝圣的！都是些醉鬼……”看守人听见过路人的声调和叹息，放了心，嘟哝说，“跟你们在一起就免不了犯罪！白天老是喝酒，到晚上又由魔鬼支使着到处乱跑。不过，我好像听见你不是一个人，似乎有两三个人呢。”

“只有我一个，老兄，只有我一个。总共就只有我一个。……哎哟哟，我们的罪孽。……”

看守人撞在那个人身上，站住了。

“可你怎么会跑到这儿来的？”他问。

“我迷了路，好人。我原是到米特利耶甫斯基磨坊去的，可是迷路了。”

“哎呀呀！难道这是到米特利耶甫斯基磨坊去的路吗？你这只呆鸟！要到米特利耶甫斯基磨坊去，得靠左边远处的路走，从城里出来一直顺大道走。你醉醺醺地多走了三俄里冤枉路。大概在城里喝多了吧？”

“我确实犯了这个罪，老兄，确实的。……这是实情，我也不打算遮盖我的罪。现在我该怎么走呢？”

“顺着这条林荫道照直往前走，一直走到尽头，然后立刻往左拐，再走，穿过整个墓园，直到门口为止。那儿有一道边门。……你开了门，求上帝保佑，走你的路吧。注意,可别掉在沟里。出了墓园你一直顺着旷野走,走啊走的就到大道上了。"

"求上帝赐给你健康,老兄。拯救我们吧,圣母,怜恤我们吧。要不你就送我一程,好心的人!你行行好,把我送到边门那儿吧!"

"哼,我才没有那个闲工夫呢!你自己走!"

"你行行好,叫我为你祷告上帝吧。我什么也看不见,伸手不见五指,一点办法也没有,老兄。……天真黑,黑极了!送送我吧,好先生!"

"好说,我还有工夫来送你!要是每个人都要我照料,我才忙不过来呢。"

"看在基督分上,送送我吧。我不光是看不见路,而且一个人在墓园里走动也害怕。太可怕了,老兄,太可怕了,我不敢走,太可怕了,好心的人。"

"你简直缠住我不放。"看守人叹口气说,"好,我们走吧!"

看守人就和过路人一块儿走。他们并排走着,肩擦肩，不说话。潮湿的冷风照直抽打他们的脸，肉眼看不见的树木发出飒飒声，而且噼噼啪啪地响，往他们身上洒下大颗的雨点。林荫道上差不多完全铺满了水洼。

“有一件事我想不通，”看守人沉默很久以后说，“你是怎么到这儿来的？要知道，大门已经上了锁。你是翻墙过来的还是怎么的？如果是翻墙过来的，那么你这么个老头子，干这种事，可是再糟也没有了！”

“我不知道，老兄，我不知道。我怎么进来的，我自己也不知道。这是中了魔啊。上帝在惩罚我。真的，这是中了魔，鬼迷了我的心窍。那么你，老兄，这样看来，是这儿的看守人吧？”

“我是这儿的看守人。”

“整个墓园里就只有你一个人？”

风的势头那么猛，刮得两个人一时间只好停住脚。看守人等到风小下去，才回答说：

“我们一共有三个，可是一个害着热病躺在床上，另一个在睡觉。我和他轮班守夜。”

“哦，哦，老兄，原来是这样。这风啊，好大的风！恐怕死人都听得见！它呜呜地叫，好比一头凶猛的野兽！哎呀呀。……”

“你从哪儿来？”

“从很远的地方来，老兄。我是沃洛格达城的人，离这儿很远。我走遍一个个圣地，为好心的人祷告。拯救我们，怜悯我们吧，上帝。”

看守人站了一会儿，想点上烟斗。他在过路人背后蹲下去，一连划了几根火柴。头一根火柴的亮光闪一下就灭了，一时间照亮了右边一小块林荫道、一个上面雕着天使的白色墓碑和一个黑十字架。第二根的火光明亮地燃起来，让风吹灭了，它像一道电光那样爬到左边，然而黑暗里只现出栅栏的一角。第三根火柴才照亮左右两边的白色墓碑、黑十字架、儿童墓地四周的栅栏。

“死人睡了，亲爱的人们睡了！”过路人喃喃地说，大声叹息,“富人睡了,穷人也睡了。聪明人睡了,愚人也睡了。好心的人睡了,凶恶的人也睡了。现在他们统统一个样儿了。他们要一直睡到号声①响起来。祝他们升到天堂,永久安息。”

“现在我们在走路,可是将来有个时候,我们自己也会躺在这儿。”看守人说。

“是啊,是啊。大家统统都会睡在这儿的。没有一个人会不死。哎呀,哎呀。我们做的事凶恶,我们的思想狡猾!罪孽啊,罪孽!我的灵魂该受诅咒,它贪得无厌,我的肚子贪吃贪喝!我触怒了上帝,不论在这个世界还是在那个世界,我都不会得救。我钻进了罪孽的大海,就跟蚯蚓钻进泥土一样。”

“是啊,你也要死的。”

“说的就是,我也要死的。”

“大概朝圣的人死起来比我们这种人死得轻松多

① 指基督教神话中最后审判日的号声。

了……”看守人说。

“朝圣的人各不相同。有的是真正朝圣的，侍奉上帝，叫自己的灵魂不受诱惑，不过也有些朝圣的，三更半夜到墓园里来乱跑，给魔鬼凑趣……对了！有些朝圣的，要是高兴的话，就会拿起斧子，照你的脑袋砍下去，叫你呜呼哀哉。”

“你怎么说这种话？”

“我是随便说说的。……喏，现在大概走到边门了。这就是那道门。你开门吧，亲爱的！”

看守人摸索着把门打开，拉住朝圣者的衣袖，把他领出边门，说：

“这儿是墓园的尽头。现在你就顺着野地往前走，一直往前，临了就会走到大路上。不过这附近有一条划定地界的沟，你可别掉下去。……等你到了大路上，就往右走，那就可以一直走到磨坊了。……”

“哎呀呀……”朝圣的沉默了一会儿，叹道，“我现在又这么想，我不必到米特利耶甫斯基磨坊去了。我何必到那儿去呢？先生，我还是跟你一块儿在这儿待一会儿吧。……”

“为什么你要跟我一块儿待着呢？”

“没什么……跟你在一块儿快活得多。……”

“嘿，你居然找着个快活的伴儿！你啊，朝圣的，我看你倒挺喜欢开玩笑呢。……”

“当然我喜欢！”过路人说，发出沙哑的声音，咯咯地笑，“唉，你啊，我亲爱的，我的亲人！恐怕以后很久你都会记住这个朝圣的呢！”

“为什么我会记住你？”

“是啊，我巧妙地蒙哄了你。……难道我是朝圣的？我根本不是什么朝圣的。”

“那你是什么人？”

“死人。……我刚从坟里钻出来。……你记得在谢肉节①吊死的那个钳工古巴烈夫吗？我就是古巴

① 基督教节日，在大斋节前的一个星期。

烈夫。……”

“你真会瞎说!”

看守人不信,可是他周身感到一种沉重而且阴森的恐怖,就连忙走开,赶快摸索边门。

“站住,你上哪儿去?”过路人说,抓住他的胳膊,“喂喂喂……瞧你这个人!你丢下我,叫我去找谁啊?”

“放开我!”看守人叫道,极力要挣脱胳膊。

“站住!我叫你站住,你就站住。……休想挣脱我的手,你这条癞皮狗!你要是还想活着,就照我吩咐,乖乖地站在那儿别说话。……我只是不想杀人流血罢了,要不然你这混蛋早就咽气了。……站住!”

看守人的膝盖弯下去了。他害怕得闭上眼睛,全身发抖,让身子贴着围墙。他想喊叫,可是他知道他的叫声传不到活人的耳朵里。……过路人站在他身旁,抓住他的胳膊。……在沉默中大约过了三分钟。

“一个看守人害热病,另一个睡觉,这一个却来送朝圣的。”过路人唠叨说，“好一班看守人，居然还拿薪水！不行啊，朋友，贼永远比看守人机灵！站住，站住，不许动。……”

在沉默中过了五分钟，十分钟。突然一阵风带来一声呼哨。

“好，现在你走吧，”过路人说，放开他的胳膊，“去向上帝祷告吧：总算你还活着！”

过路人也打一声呼哨，从边门旁边跑掉了。随后传来他跳过那条沟的声音。看守人虽然害怕得周身发抖，却预感到必是出了什么祸事，就犹豫不定地推开边门，闭上眼睛跑回去。在宽阔的林荫道转弯的地方，他听见一个人急促的脚步声，这人压低喉咙问他：

“是你吗，季莫费依？米特卡在哪儿？”

他一口气跑完这条林荫道，发现黑暗里闪着一点小小的朦胧的亮光。他离那个亮光越近，就越是害怕，越是强烈地预感到必是出了什么祸事。

“亮光似乎在教堂里。”他想，“亮光是从哪儿来的呢？拯救我，怜恤我吧，圣母！它果然在教堂里！”

看守人在打碎的窗子前面呆站了一会儿，带着害怕的心情瞧着祭坛。……那几个贼忘记吹灭一支小蜡烛了，正好有风吹进窗口，烛火闪摇着，把昏暗而发红的光点洒在东一件西一件的圣衣上，洒在被推倒的小橱上，洒在供桌和祭坛附近的许多脚印上。……

再过了一会儿，怒号的风就把一连串急促而没有节奏的报警钟声传遍整个墓园。……

在首席贵族夫人家里

每年二月一日是殉教的圣徒特利丰的节日，在那一天，本县已故首席贵族特利丰·尔沃维奇·扎甫齐亚托夫的遗孀的庄园上，总要特别热闹一番。这一天，首席贵族的遗孀柳包芙·彼得罗芙娜举行安灵祭纪念亡人的命名日，而且做完安灵祭以后还要做感谢天主的祈祷。全县的人纷纷来参加安灵祭。您在这儿可以见到现任首席贵族赫鲁莫夫、地方自治局执行处主席玛尔富特金、常任委员波特拉希科夫、本区的两个调解法官、县警察局长克利诺林诺夫、两个区警察局长、散发出碘酒气味的地方自治局医生德沃尔尼亚京以及所有大大小小的地主等。在这儿聚会的人有五十名上下。

中午十二点钟整,客人们拉长了脸,从各个房间里陆续往大厅走去。地板上铺着地毯,他们的脚步不会出声,然而当前的隆重仪式却促使他们本能地踮起脚尖走路,一面走一面张开胳膊,好稳住身子。大厅里已经做好一切准备。叶甫美尼神甫,一个矮小的老人,头上已经戴好褪色的法冠,正在穿一件黑色法衣。助祭康科尔季耶夫脸红得像大虾一样,已经穿戴整齐,正在不出声地翻着《圣礼书》,把一张张纸条夹进去。诵经士卢卡站在通到前厅的房门旁边,鼓起腮帮子,瞪大眼睛,对着一个手提香炉吹气。大厅里渐渐地弥漫着透明的淡蓝色烟雾和神香的气味。乡村小学教员盖里康斯基是个年轻的男人,穿着肥大的新礼服,神色惊恐的脸上生着大颗的粉刺,这时候手里端着一个白铜盘,盘子上放着蜡烛,他正把那些蜡烛分别送到各处去。女主人柳包芙·彼得罗芙娜在前边一个放着蜜粥的小桌旁边站着,没等到安灵祭开始,先就把一块手绢蒙到脸上去了。四下里一片肃静,偶尔为叹息声打破。大家的脸都拉长,神态庄重。……

安灵祭开始了。蓝色的细烟从手提香炉里袅袅上升,在斜射的阳光里缭绕盘旋。点燃的蜡烛发出轻微的爆响。歌声起初又尖又响,过了不久,歌手们渐渐适应这个房间的音响条件,歌声才轻柔和谐了。……歌的调子都悲怆而凄凉。……客人们逐渐心情忧郁,沉思不语。各种想法钻进他们的头脑,他们想到人生的短暂,想到世事的无常,想到俗世的空虚。……大家不由得想起去世的扎甫齐亚托夫,他身体壮实,脸颊绯红,一口气喝干一瓶香槟酒,一头撞碎一面镜子。等到歌手们唱着《同圣徒们一起安息吧》,女主人抽抽搭搭哭起来的时候,客人们就开始愁闷地活动两只脚,身子一会儿向左倾,一会儿向右歪。那些富于感情的人开始感到喉咙和眼皮附近发痒。地方自治局执行处主席

玛尔富特金想驱除这种不愉快的感觉,就低下头去凑近县警察局长的耳朵,小声说:

“昨天我到伊凡·费多雷奇家里去了。……我跟彼得·彼得罗维奇一起赢了一副无将大满贯。……真的。……奥尔迦·安德烈耶芙娜气得发昏,连嘴里的假牙都掉出来了。”

可是这时候歌手们唱起《永恒的悼念》。盖里康斯基收回那些蜡烛,安灵祭结束了。随后是一阵忙乱,更换法衣,祈祷。祈祷完后,叶甫美尼神甫动手脱衣服,客人们纷纷搓手,咳嗽,女主人就讲起去世的特利丰·尔沃维奇如何善良。

“诸位先生,请去吃饭吧!”她叹口气,结束了她的话。

客人们极力不互相推搡,不踩彼此的脚,匆匆地走进饭厅。……在这儿,饭已经为他们准备好。这顿饭丰盛极了,助祭康科尔季耶夫每年见到这样的菜肴,总认为自己有责任摊开自己的手,惊讶地摇一摇头,说:

“不可思议啊！这些东西，叶甫美尼神甫，与其说是人的食物，倒不如说是献给神的祭品呢。”

这顿饭真也不同寻常。饭桌上，凡是植物界和动物界所能提供的东西，应有尽有。不可思议的也许只有一件事：桌子上样样都有，唯独缺——酒。柳包芙·彼得罗芙娜发过誓，家里绝不许有酒和纸牌，正是这两种东西送掉了她丈夫的命。桌子上只放着醋瓶和油瓶，仿佛在嘲笑和惩罚那些赴宴的人，因为那些人一概是瘾头很大的酒徒和醉鬼。

“请吃吧，诸位先生！”首席贵族夫人招呼说，“不过，对不起，我没有白酒。……我是不预备这种东西的。……”

客人们走到饭桌跟前，带着迟疑的神情开始吃馅饼。然而大家吃得不起劲。他们固然也用叉子，使刀子，不住咀嚼，然而看得出来他们懒洋洋的，无精打采。……显然这儿缺少一种什么东西。

“我有一种感觉，仿佛丢失了一件什么东西似的……”一个调解法官对另一个小声说，“当初我妻子跟一个工程师私奔的时候，我就有过这样的感觉。……我吃不下去！”

玛尔富特金开始吃东西以前，在衣袋里摸索很久，寻找手绢。

“可是我的手绢在皮大衣里！那我得去找一找。”他想起来了，大声说着，往前厅走去，他的皮大衣就挂在那儿。

等到他从前厅走回来，他那两只眼睛就闪着油亮的光，立刻胃口大开地吃起馅饼来。

“怎么样，这么干吃而没酒喝，恐怕不好受吧？”他小声对叶甫美尼神甫说。“神甫，你到前厅去，那儿我的皮大衣里有一瓶酒。……不过要留神，手脚轻一点，别把瓶子碰响！”

叶甫美尼神甫想起他有几句话要叮嘱卢卡，就踩着碎步往前厅走去了。

“神甫！我有几句话……要私下跟你说说！”德沃

尔尼亚京在他后面追上去说。

“我,诸位先生,碰巧买到一件挺好的皮大衣!”赫鲁莫夫夸耀说,“它值一千,可是我出了……说来你们也不信……二百五!只花了这点钱!”

换了在其他任何时候,客人们都会对这个消息漠不关心,然而现在他们却纷纷表示惊讶,不相信。最后大家蜂拥到前厅去看那件皮大衣,一直到医生的仆人米凯希卡悄悄地从前厅拿走五个空酒瓶才算看完。……软炸鲟鱼端上席来的时候,玛尔富特金想起他把烟盒忘在雪橇上了,就走到马房去。他怕一个人去太寂寞,便把助祭带去,而助祭恰巧也要去看一看他的马。……

当天傍晚,柳包芙·彼得罗芙娜在她的私室里坐着,给彼得堡的一个老朋友写信。

“今天按照往年的惯例,”她顺便写道,“我在家里为亡人举行安灵祭。我的邻居都来参加。这班人粗俗,头脑简单,不过心肠很好!我招待他们饱餐了一顿，不过，当然，跟往年一样，烈性饮料是一滴也没有的。自从他纵酒过度死去以后，我发过誓要在我们的县里立起不喝酒的风气，借此给他赎罪。为了提倡不喝酒，我就从我家里做起。叶甫美尼神甫热烈赞赏我的工作，从言论到行动都帮着我做。啊，我亲爱的①，但愿你知道我那些熊多么喜爱我！地方自治局执行处主席玛尔富特金饭后低下头凑近我的手，吻了很久，可笑地摇着头，哭起来：他动了感情，可是说不出话来！叶甫美尼神甫，这个非常好的小老头，挨着我坐下，泪汪汪地瞧着我，口齿不清地说了很久，像个小孩子。我听不懂他的话，然而他那真挚的感情我是能够理解的。县警察局长是个美男子，以前我在写给你的信上讲到过他，这一次他在我面前跪下，打算朗诵他写的诗（他是我们的诗人），可是……激动得没有力气……身子摇晃一下，就倒在地上了。……这个身材魁梧的人发

① 原文为法语。

了一阵歇斯底里。……你可以想象我心里多么欢喜！然而，不愉快的事也在所难免。可怜的调解法官会审法庭审判长阿拉雷金是个体态丰满的人，容易中风，他觉得头晕，在长沙发上躺下，人事不省地躺了两个钟头。他们只好往他的头上泼水。……多亏德沃尔尼亚京大夫在场，他从他的药房里取来一瓶白兰地酒，洒在调解法官的鬓角上，过了不久，调解法官醒过来，由人扶上车，送走了。……”

喜　　事

那是夜里十二点钟。

米佳·库尔达罗夫神色激动，披头散发，飞也似的跑进他父母的住宅，急急忙忙在各个房间里走进走出。他的父母已经躺下睡觉了。他妹妹躺在床上，正好读到一本长篇小说的最后一页。他那些在中学里读书的弟弟们已经睡着了。

“你从哪儿来？”父母惊讶地说，“你怎么了？”

“哎呀，你们别问了！我可再也没有料到！是啊，我再也没有料到！这……这简直叫人没法相信呢！”

米佳哈哈大笑，在圈椅上坐下，他幸福得站不住了。

“真叫人没法相信！你们再也意想不到！你们睁开眼睛看看吧！”

他妹妹从床上跳下地，把被子披在身上，走到哥哥跟前。那几个中学生醒过来了。

“你怎么啦？你脸色都变了！”

“我这是因为高兴，妈妈！要知道，现在全俄国都知道我了！全俄国呀！以前只有你们知道世界上有个十四等文官①德米特里②·库尔达罗夫，可是现在全俄国都知道了！妈妈！啊，天主！”

米佳跳起来，在各处房间里跑来跑去，然后又坐下。

“可是到底出了什么事呢？你说清楚啊！”

“你们生活得像野兽一样，报纸也不看，根本不注

① 旧俄时代最低一级的文官。

② 德米特里为本名，米佳为小名。

意报刊的消息,可是报纸上有那么多值得注意的东西!要是发生一件什么事情,马上大家就都知道了,没有一件事能瞒住!我多么幸福啊!啊,上帝!要知道,报纸上只登有名的人物的事情,可是现在一下子把我的事情也登出来了!"

"你说什么呀?登在哪儿了?"

爸爸脸色发白。妈妈看一眼圣像,在胸前画十字。中学生们跳下床,衣服也没披,只穿着短短的睡衣,走到他们哥哥跟前。

"是啊!报纸上把我登出来了!现在全俄国都知道我了!您,妈妈,把这张报纸留起来做个纪念!以后我们有的时候把它拿出来读一下。您看看!"

米佳从口袋里取出一张报纸来,递给父亲,伸出手指头戳一戳用蓝铅笔勾出来的地方。

"您念吧!"

父亲戴上眼镜。

"您倒是念啊!"

妈妈看一眼圣像，在胸前画十字。爸爸嗽一嗽喉咙，开始念道：

“‘十二月二十九日夜间十一时十四等文官德米特里·库尔达罗夫……’”

“你们看见了吧，看见了吧？往下念！”

“‘……十四等文官德米特里·库尔达罗夫从小布龙纳亚街科济欣大楼的酒店内走出，业已喝醉……’”

“这就是我同谢敏·彼得罗维奇一起刚喝完酒。……一切都写得很细致！您继续念吧！往下念！你们听着！”

“‘……业已喝醉，失足滑倒。当时有尤赫诺夫县杜雷基纳亚村农民伊凡·德罗托夫赶雪橇一辆，停在附近。该文官恰巧倒在马旁，马即受惊，跳过库尔达罗夫身上，并拖住雪橇从该人身上轧过，沿街奔驰，雪橇上有乘客一名，乃莫斯科二等商人斯捷潘·路科夫也。嗣后该马由看门人拦住。库尔达罗夫起初人事不省，当即送往警察分局，由医生验伤。该人脑后撞伤……’”

“这是车杆碰了我的后脑壳，爸爸。往下念！您再往下念！”

“‘……该人脑后撞伤，唯不严重。该项事故业已具文呈报，受伤人已予以治疗。……’”

“医生叮嘱我用浸过凉水的毛巾压在我的后脑壳上。现在您念完了吧？啊？就是这样的！现在全俄国都传遍了这件事！您把报纸还给我！”

米佳抓住那张报纸，把它叠起来，塞在口袋里。

“我要跑到玛卡罗夫家去，拿给他们看一看。……另外还得拿给伊凡尼茨基一家人看一看，拿给娜达丽雅·伊凡诺芙娜、阿尼西木·瓦西里奇看一看。……我要跑了！再见！”

米佳戴上有帽徽的制帽，神色得意，喜气洋洋，跑出门外，到街上去了。

照 相 簿

九等文官克拉捷罗夫生得消瘦清癯，就像海军部大厦的尖顶，这时候往前跨出几步，对日梅霍夫说：

“大人！承蒙您多年来做我们的上司，像父亲般照拂我们……”

“已经不止十年了。”扎库辛给他提词说。

“已经不止十年了，因此，我们，您的部下，满心激动而感铭，特意在今天这个对您来说……那个……意义重大的日子，把贴满我们照片的簿子呈献阁下，聊表我们的敬意和感恩戴德之情。我们希望在您意义重大的一生中，在此后很长很长的岁月中，一直到您去世为止，您一直不会离开我们。……”

“而且在真理和进步的道路上，您会像父亲般赐予教诲……”扎库辛补充说，擦掉额头上猛然冒出来的汗。显然，他很想说话，大概已经准备好一篇演说了。“祝您的旗帜还要在很长很长的岁月中飘扬在天才、劳动、社会自觉的领域里！”

日梅霍夫满是皱纹的左脸上淌下眼泪。

“诸位先生！”他用发抖的声音说，“我没料到，无论如何也没想到你们会庆祝我这个不足道的纪念日。……我感动……甚至……非常感动。……我至死也不会忘记这个时刻。请你们相信……请你们相信，朋友们，谁也不会像我这样希望你们万事如意。……即使我过去有过什么惹你们不高兴的举动，也都是为你们好。……”

四等文官日梅霍夫同九等文官克拉捷罗夫拥抱接吻。克拉捷罗夫没料到会有这样的光荣，高兴得脸色发白。然后他的上司做个手势,表示激动得说不出话来,接着就哭了,倒好像不是人家送给他珍贵的照相簿,而是相反,从他手里夺走了照相簿似的。……后来他略微定一下神,又说出些感情洋溢的话,同他们每人握过手,这才在一片嘹亮的欢呼声中走下楼去,坐上轿式马车,由祝福声伴送着,走掉了。他坐在马车上,心中感到一种从没体验过的欢乐,就又哭了。

他家里有新的欢乐在等他。那儿,他的家属、朋友和熟人给他安排下盛大的欢庆场面,这就使他觉得他真像是给祖国做过很多有益的贡献,人世间少了他,祖国的局面也许就会很糟。纪念日宴会上不断祝酒,演说,拥抱,流泪。一句话,日梅霍夫无论如何也没料到他的劳绩会受到这样热烈的重视。

“诸位先生!”他在甜食端上来以前说,“一个人做官,如果不是敷衍了事,不是官样文章,而是所谓的忠于职守,就必然要遭到各种痛苦,可是两个钟头以前,我的各种痛苦一概得到补偿了。我在职期间始终坚持一个原则:不是公众为我们存在,而是我们为公众存在。今天我得到了崇高的奖赏!我那些部下送给我一本照相簿。……就是这本!我感动得很。”

那些喜气洋洋的脸低下来凑着照相簿,细细看它。

“这个照相簿可真漂亮!”日梅霍夫的女儿奥丽雅说,“我看,它要值五十卢布呢。啊,多么可爱!你,爸爸,把这本照相簿给我吧。听见了吗?我把它收藏起来。……多么漂亮啊。”

饭后,奥丽雅把照相簿带到她房间里去,把它锁在书桌的抽屉里。第二天,她把照相簿上文官的照片统统摘下来,丢在地下,然后把她在贵族女子中学里的女朋友插到他们的位子上。文官制服让位给白色短披肩了。大人的小儿子柯里亚,拾起那些文官,给他们的衣服涂上红颜色。凡是没留唇髭的,他一概画上绿色唇髭。凡是没有大胡子的,他统统画上棕色大胡子。后来,再也没有什么可画的,他就把照片上的文官们剪下来,用别针刺穿他们的眼睛,开始拿他们做小兵的游戏。他把九等文官克拉捷罗夫剪下来,钉在一个空火柴盒上,然后举着他,走到书房里去找他的父亲。

“爸爸,一座纪念像!你瞧!”

日梅霍夫扬声大笑,连身子都摇晃了,然后带着满腔温情吻一下柯里亚的小脸蛋,发出吧的一响。

“好,去吧,小淘气,拿给你妈妈去看。让你妈妈也瞧瞧吧。”

好　　人

从前，在莫斯科住着一个人，名叫符拉季米尔·谢敏内奇·里亚多夫斯基。他毕业于大学法学系，在某铁路局供职，可是假如您问他做什么工作，他就会睁着亮晶晶的大眼睛从金边的夹鼻眼镜①里坦率爽朗地瞧着您，用平静、柔和、吐字不清的男中音回答您说：

"我做文学工作！"

大学毕业后，符拉季米尔·谢敏内奇在一家报纸

① 原文为法语。

上发表过一篇剧评。他从剧评转到书报评介栏，一年后就发展到每星期发表一篇评论性的小品文了。然而根据这一点却不应当得出结论说：他是业余工作者，他的写作具有偶然的和暂时的性质。每逢我看见他那装束整洁的瘦小身材、宽大的额头和马鬃般的长发，每逢我听着他讲话，我总觉得他的写作似乎不是取决于他写什么，怎样写，而是一种生来就有的生理现象，犹如心跳一样，他还在娘胎里的时候，似乎他的全部文学纲领就已经在他的头脑里形成，像瘤子一样了。我甚至在他的步伐、手势、弹烟灰的姿态里也看到这个纲领，从头到尾，连同它的种种叫嚣、乏味、庄严之处，都清清楚楚。遇到他带着充满灵感的脸容把花圈放在某一名人的棺材上，或者带着尊严而郑重的神情为一封贺电征集签名的时候，他俨然是个以写作为业的人。他那种极力要结交著名文学家的热情，那种在没有才能的地方也能找到才能的本领，那种经常热情洋溢的神态，那种每分钟达到一百二十次的脉搏，那种对生活的无知,在为青年学生募捐的音乐会和文学晚会上像女人那样大惊小怪地奔忙张罗的样子,那种力求接近青年人的心情,即使他没有写过文章,也足以给他造出“作家”的名声来了。

像他这样的作家,很适合于说:“我们这种人是不多的!”或者“缺了斗争,那还算是什么生活?前进啊!”其实他从来也没有跟什么人斗争过,也从来没有前进过。临到他开口畅谈理想,那也不会显得肉麻。每到大学周年纪念日,在达契雅娜节,他总是喝得醉醺醺的,唱起《我们欢乐吧》①来,总是荒腔走板,同时他那眉开眼笑、不住流汗的脸仿佛在说:“您瞧,我喝醉了,我在纵酒行乐啊!”可是就连这样,对他也是很相称的。

符拉季米尔·谢敏内奇真诚地相信他的写作权利,相信他的纲领,不存任何怀疑,显然对自己很满意。

① 原文为拉丁语,一首古老的大学生歌曲的头一句。——俄文本编者注

只有一件事使他伤心,那就是他发表文章的报纸却订户很少,名气也不大。不过符拉季米尔·谢敏内奇相信他迟早会在大杂志上立足,发挥才能,大显身手,因此他那小小的悲哀在灿烂的希望面前也就黯然失色了。

我常到这个可爱的人家里做客,认识了他的亲妹妹,女医生薇拉·谢敏诺芙娜。乍看上去,这个女人神色疲倦,她那病恹恹的样儿使我吃惊。她年轻,身材苗条,相貌端正,粗眉大眼,然而跟活跃的、优雅的、健谈的哥哥相比,却显得乖僻,萎靡,疏懒,阴沉。她的动作、笑容和话语有点勉强,冷淡,漠然,人们都不喜欢她,认为她骄傲,头脑不那么聪颖。

可是实际上,我觉得,她是在休养。

"我亲爱的朋友,"她哥哥常对我说,叹口气,用好看的、作家的手势把头发撩到后边去,"永远不要凭外貌评断人!您瞧这本书吧:它早已被人读过,翻旧,卷了边揉皱,丢在尘土里,像是没用处的东西了,可是您一翻开，它就会使您脸色发白，流下泪来。我的妹妹就像这本书。您掀开她的封面，瞧一瞧她的灵魂，就会吓一大跳。前后不过三个月的工夫，薇拉经历到的事不下于人家一辈子的经历呢！"

符拉季米尔·谢敏内奇不住地回头看，拉住我的衣袖，放低声音说：

"您要知道，她毕业以后，跟一个建筑师恋爱，结婚了。十足的悲剧啊！新婚夫妇还没过完一个月，那丈夫，唉！就得伤寒病死了。可是事情还不止于此。她自己也从丈夫那儿传染了伤寒，临到养好病，却听说她的伊凡死了，就吞下大量吗啡自杀。要不是她的女朋友们出力，我的薇拉早就升天了。您听听，难道这不是悲剧？难道我的妹妹不像一个女一号①，已经演完了一生的五幕剧？让观众去看轻松喜剧吧，可是这位女一号却要回家休息去了。"

---

① 原文为法语。

薇拉·谢敏诺芙娜熬过那不幸的三个月以后，就搬到她哥哥这儿来住。行医不合她的心意，没有使她感到满足，反而使她厌倦。再者，她也没有给人留下精通医学的印象，跟她的科学有关的话我一次也没有听她谈起过。

她已经丢开医学，什么事也不做，沉默寡言，跟囚徒一样，低下头，垂下手，懒散而缺乏光彩地打发她的青春。只有一件事总算还能引起她的兴致，而且多少给她的暗淡生活带来点光明，那就是她所爱的哥哥近在身旁。她爱他本人，爱他的纲领，钦佩他的小品文，遇到别人问她哥哥在做什么，她就压低喉咙，仿佛生怕惊扰他或者妨碍他似的，回答说："他在写作！……"照例，他一写东西，她就在他身旁坐下，眼睛不放松他写作的手。这时候她就像是害病的动物在晒太阳取暖。……

冬天一个傍晚，符拉季米尔·谢敏内奇坐在桌旁，正给报纸写评论文章，旁边坐着薇拉·谢敏诺芙娜，照例瞅着他的写作的手。批评家写得快,既不涂改,也不停顿。笔尖嗞嗞响,吱吱叫。桌子上,在他写作的手的旁边,放着一本厚杂志,已经翻开,刚裁开书页。

杂志上有一篇写农民生活的小说,署名是两个大写字母。符拉季米尔·谢敏内奇读得兴高采烈。他发现作者在描写方式上得心应手,自然景物的描写近似屠格涅夫,笔调真诚,非常熟悉农民的生活。批评家本人不过是靠书本和传说来了解这种生活罢了,然而他的感觉和内心的信念却促使他相信这篇小说。他预言作者会有光辉的前途,强调说他急不可待地等着看小说的结尾,等等。

"精彩的小说啊!"他说,往椅背上一靠,愉快地闭上眼睛,"主题思想极其动人!"

薇拉·谢敏诺芙娜瞧着他,大声打个呵欠,忽然提出一个意外的问题。一般说来,每到傍晚,她已经养成习惯,常常烦躁地打呵欠,提出简短而奇突的问题,往往跟正事无关。

“沃洛嘉[1],”她问,“什么叫勿抗恶[2]?”

“勿抗恶?”哥哥睁开眼睛,反问道。

“是啊。你是怎么理解的?”

“是这么回事,亲爱的,假定有贼或者强盗来找你的麻烦,要打劫你,可是你非但不……”

“不,你下一个理论上的定义吧。”

“理论上的定义?嗯!……哦,那又何尝不可?”符拉季米尔·谢敏内奇踌躇不决地说,“勿抗恶指的是对于道德范围里被称为恶的事情一律采取置之不理的态度。”

说完这话,符拉季米尔·谢敏内奇就埋头去研究一个中篇小说了。这个中篇小说是一个女人写的,描绘一个上流社会的女人同她的情夫和私生子同住在一所房子里,她的不合法的地位何等难堪。对动人的主题思想也罢,对情节也罢,对表现手法也罢,符拉季米

① 符拉季米尔的爱称。

② 指俄国作家列夫·托尔斯泰的勿以暴力抵抗邪恶的思想。

尔·谢敏内奇一概感到满意。他简略地转述中篇小说的内容,摘录几个最好的段落,然后添上他自己的话:“不是吗,这一切多么忠于现实,多么富于生活气息,多么美丽如画!作者不但是小说艺术家,而且是细腻的心理学家,善于看透人物的心灵。为了举例,我们不妨指出女主人公同丈夫相遇的时候,作者对她的内心状态的生动描写”,等等。

“沃洛嘉!”薇拉·谢敏诺芙娜打断他那评论家的文思,说道,“有一个奇怪的想法从昨天起就盘踞在我的头脑里了。我一直在想:如果人类生活建立在勿抗恶的原则上,我们会成为什么样子呢?”

“大概会消灭。勿抗恶使犯罪的意志得到充分自由,于是这个世界就会大乱,文明当然也就完了。”

“那么会剩下些什么呢?”

“强盗和妓院。在下一篇文章里我也许会谈一谈这个问题。谢谢你提醒我。”

过一个星期我的朋友果然履行他的诺言了。这样做很合时宜，当时是八十年代，我们社会上和报刊上正在纷纷议论勿抗恶，议论审判、惩罚、战争的权利，在我们圈子里有的人开始不用仆人，或者到农村去种地，或者断绝肉食和性爱。

读完哥哥的文章，薇拉·谢敏诺芙娜想了想，几乎叫人看不出来地耸了耸肩膀。

“写得很可爱！”她说，“不过我仍旧有许多地方不理解。例如列斯科夫①的《神职人员》里，有个种菜的怪人为所有的人种菜：为买主，为乞丐，也为打算偷菜的人。他的做法合理吗？”

根据妹妹脸上的表情，根据她的口气，符拉季米尔·谢敏内奇明白她不喜欢他这篇文章，他那作家的自尊心大约生平第一次受到了震动。他不免懊恼地回答说：

“盗窃是不道德的现象。为盗贼种菜无异于承认

① 列斯科夫（1831—1895），俄国作家。

盗贼有权利存在。如果我办一家报纸,分成两部分,除了宣传正直的思想以外,还要照顾敲诈勒索,那你会怎么说呢?按照那个菜园主的逻辑,我岂不应当也给敲诈者和坏蛋留出地盘,来宣传他们的思想?不是吗?”

薇拉·谢敏诺芙娜什么话也没回答。她从桌旁站起来,懒洋洋地走到长沙发跟前,躺下。

“我不知道,我什么也不知道!”她沉思地说,“你的话也许是对的,不过我认为,我有这样的感觉,我们对恶进行的斗争有一种虚伪的味道,仿佛有什么东西没有说穿,或者掩盖着似的。上帝才知道是怎么回事,也许我们抵制恶的办法属于偏见之列,这类偏见已经在我们的头脑里根深蒂固,我们再也没有力量丢开,因此再也不能正确地判断它们了。”

“这话怎么讲?”

“我不知道该怎样才能向你说清楚。也许人们认为必须对恶进行斗争,认为有权利这样做,其实是想错了,就像,比方说,认为人的心脏形状同纸牌上的心相似，也是错误的。很可能，我们在对恶进行斗争的时候没有权利用武力，而该用同武力相反的东西，举个例子来说，如果你希望你这张画不被人偷去，那就不要把它藏起来，而要交出去。……”

“高明，高明得很！要是我想娶一个有钱的商人女儿，那么为了阻止我做这种卑鄙的事，那个商人女儿倒应当赶快主动嫁给我呢！”

兄妹俩一直谈到半夜，互不相让。如果有个局外人听见他们谈话，就未必闹得清这一个争什么，那一个又争什么。

每到傍晚，兄妹俩照例坐在家里。他们没有熟识的家庭可去，再者，他们也没感到有必要去结识别人的家庭。至于剧院，只有上演新戏的时候他们才去，这是当时写作者的风气。音乐会他们是不去的，因为他们不喜欢音乐。……

“你要怎么想都由你，”薇拉·谢敏诺芙娜第二天说，“可是对我来说，这个问题倒已经部分地解决了。

我深深地相信:由别人施之于我本人的恶,我没有任何理由反抗。有人要杀死我吗?那就请便。杀人者不会因为我自卫而变得好起来。现在,对我来说,只有这个问题的另一半需要解决:对于施之于别人的恶,我应当采取什么态度呢?"

"薇拉,你可别发疯呀!"符拉季米尔·谢敏内奇说,笑起来,"依我看来,勿抗恶成了你的固定的观念[①]了!"

他有心把这场乏味的谈话变成玩笑,可是不知怎的,这已经没法变成玩笑,他脸上的笑容显得勉强而做作。妹妹再也不在他桌旁坐着,再也不恭恭敬敬地瞅着他那写作的手了。他每天傍晚都感到身后的长沙发上躺着一个同他意见不合的人。……于是他的后背似乎发麻,发僵,他的灵魂里似乎吹来一股凉气。作家的感觉是记仇的,不依不饶的,永远也不会原谅人。妹妹成了头一个,而且是唯一的一个挑起和触动这种不安

① 原文为法语。

的感觉的人,这种感觉宛如装满盘盏的木箱,拆散倒容易,再要把它按原样放好,就办不到了。

若干星期,若干月过去了,可是妹妹没有放弃她的思想,也不在桌旁坐着了。春季有一天傍晚,符拉季米尔·谢敏内奇在桌旁坐着写文章。他在分析一个中篇小说,其中描写一个乡村女教师拒绝一个她所爱而且也爱她的、富有的知识分子,这仅仅是因为一结婚,她就不能继续做她的教师工作了。薇拉·谢敏诺芙娜躺在长沙发上想心思。

“上帝啊,多么枯燥无味!”她伸个懒腰说,“生活过得多么没劲,多么空虚啊!我不知道自己该怎么办才好,你呢,却把最好的岁月消耗在上帝才知道是怎么回事的工作上。你像炼金术士似的,老是翻这种没人要的旧垃圾。啊,我的上帝!”

符拉季米尔·谢敏内奇放下笔,慢腾腾地回过头去瞧他的妹妹。

“瞧着你都乏味!”妹妹接着说,“《浮士德》里的瓦格纳挖蛆，不过他总算是在找宝贝，你呢，却是为找蛆而挖蛆。……”

“这话叫人摸不着头脑！”

“是的，沃洛嘉，这些日子我一直在想，想得很久很苦。我终于相信你是个无可救药的蒙昧主义者和墨守成规的人。喏，你问一问自己吧：你这种热心而勤恳的工作究竟能给你带来什么呢？你说：能带来什么呢？是啊，你老是翻这堆陈旧的垃圾，可是其中凡是可以提取的东西，早已由别人提取出来了。不管你怎样在研钵里捣水，不管你怎样分解水，可是除了化学家已经说过的话以外，你再也说不出什么新的名堂来了。……”

“原来是这样！”符拉季米尔·谢敏内奇站起来，拖着长音说，“不错，所有这些都是旧垃圾，因为这些思想是永恒的，可是照你的看法，什么才是新的呢？”

“你做的是思想领域里的工作，想出新的东西来是你的本分。不应该由我来开导你。”

“我成了炼金术士！”批评家讥诮地眯细眼睛，惊讶而愤慨地说,“艺术和进步居然是炼金术?!”

“你要明白,沃洛嘉,我觉得你们这些有思想的人如果专心致志于解决大问题,那你现在极力要解决的那些小问题,也就自然而然地顺带解决了。如果你坐着气球上天,看一看全城,那么你也就不由自主、自然而然地看见了田野、农村、河流。……人们制造硬脂,同时,作为副产品,也就得到了甘油。我觉得当代的思想似乎停在一个地方,粘住不动了。它充满偏见,萎靡不振,畏畏葸葸,害怕广阔浩渺的翱翔,犹如我和你怕登高山一样。这就是保守思想。”

这类谈话不会不留下痕迹。兄妹之间的相互关系一天比一天坏。有妹妹在场,哥哥就不能工作。他知道妹妹躺在长沙发上,瞧着他的后背,就心里生气。每逢他试着回到过去的局面,打算跟她分享他的喜悦心情,她却病态地皱起眉头,伸懒腰。每天傍晚她都抱怨乏味,谈思想的自由,谈墨守成规。薇拉·谢敏诺芙娜给她的新思想吸引着,口口声声说她哥哥热衷的工作其实是偏见,无非是保守思想徒劳无益地试图维系已经过了时的并且正在退出历史舞台的东西罢了。她的比拟无穷无尽。她时而把哥哥比作炼金术士,时而比作守旧的分裂派经学家,那种人是宁可死掉也不接受新信念的。……

她的生活方式也渐渐地起了变化。她能一天到晚躺在长沙发上,什么事也不做,什么书也不看,光是沉思,同时她的脸上露出冷漠严峻的神情,这是思想偏执、信心强烈的人常有的。她开始拒绝仆人服侍她,亲自打扫自己的房间,把垃圾倒出去,亲自擦半高腰皮靴,刷衣服。哥哥瞧着她做粗活露出的冷峻神色,就不能不气愤,甚至痛恨。她总是带点庄严的神情干这种活儿,他却觉得这有点生硬,虚伪,认为这是伪善和做作。他已经知道他没有力量触动她的信念了,就索性像小学生那样挑她的毛病,讥诮她。

“你不抗恶,可是又反抗我用仆人!”他挖苦说,“如果用仆人是恶,那你为什么反抗?这是自相矛盾嘛!”

他痛苦,愤慨,甚至羞愧。每逢他妹妹当着外人的面做那些胡闹的事,他就不由得害臊。

“可怕呀,好朋友!”他私下里对我说,绝望地摇手,“原来我们的女一号还要演一出轻松喜剧呢。她精神变态到了极点！我已经灰心了,随她要怎么想就去怎么想,可是她何苦说出来,何苦惹得我心情激动呢。她应当想一想:我听了她的话是什么滋味？她居然当着我的面,用亵渎神明的态度,拿基督的教义来肯定她的错误,我听了是什么滋味呢？我连气都透不出来了！我那小妹妹居然宣扬她的学说,极力曲解福音书来为她自己辩护,故意不提耶稣把做买卖的人赶出圣殿①那件事,把我气得简直浑身发烧！老兄,这就是

① 出自《圣经》传说,见《新约·马可福音》第 11 章,第 15 至 17 节。这几节中记述耶稣把做买卖的人赶出圣殿后说:“……经上不是记着说,‘我的殿必称为万国祷告的殿’么？你们倒使他成为贼窝了!”——俄文本编者注

一知半解、思想浅薄的结果！这都是不容许人全面发展的医学系造成的。”

有一回符拉季米尔·谢敏内奇下了班，回到家里，碰见妹妹在哭。她坐在长沙发上，低下头，绞着手，眼泪扑簌簌地顺着她的脸淌下来。批评家善良的心痛苦地收紧了。他的眼睛里也淌下泪水，他一心想亲近妹妹，原谅她，也请她原谅，照老样子生活下去。……他就跪下去，吻她的头、手、肩膀。……她微微一笑，笑得那么古怪，那么辛酸。可是他快活地大叫一声，从桌上拿过一本杂志来，热烈地说：

“好哇！我们要照老样子生活了，薇罗琪卡[1]！求主保佑吧！我给你准备了一篇多么好的作品啊！我们与其喝讲和的香槟酒，不如一块儿把它读一读！精彩美妙的作品啊！”

“哎呀，不，不……”薇拉·谢敏诺芙娜推开那本

① 薇拉的爱称。

书，惊恐地说，“我已经读过！不用了，不用了！”

“你是什么时候读过的？”

“一年前……两年前……我早就读过，我知道，我知道！”

“嗯！……你害了狂热病！”哥哥冷冷地说，把杂志丢在桌子上。

“不！你才害了狂热病，不是我！是你！”

薇拉·谢敏诺芙娜又泪流满面。哥哥站在她面前，瞧着她颤抖的肩膀，沉思了。他心里想的并不是凡开始按新方式、按自己的方式思索的人都会经历到的孤独之苦，也不是人在严肃的思想转变时期难免遇到的痛苦，而是他那受到侮辱的纲领和他那受到伤害的作家的自尊心。

从此以后，他对待妹妹就冷漠，漫不经心，任意讥诮，虽然容忍她在他的寓所里住着，却像容忍一个寄食的老太婆似的。她也不再跟他争论，对他的信念、讥诮、挑剔一概用鄙夷的沉默回报，这就越发惹得他生气了。

夏季有一天早晨,薇拉·谢敏诺芙娜穿着上路的衣服,背一个小包,走到哥哥跟前,冷冷地吻他的额头。

"你上哪儿去?"符拉季米尔·谢敏内奇诧异地说。

"到某某省去做种牛痘的工作。"

哥哥送她出门,走到街上。

"瞧你这个胡闹的人,简直是想入非非……"他嘟哝说,"你要钱用吗?"

"不要,谢谢。再见。"

妹妹握一下哥哥的手,走了。

"你怎么不雇一辆出租马车?"符拉季米尔·谢敏内奇喊道。

女医生没有回答。哥哥在她后面瞧着她那褪色的夏季长外衣,瞧着她脚步懒散、身体摇晃的样子,勉强叹一口气,可是心里没有生出惜别的感情。妹妹在他眼里已经成为陌生人了。而且在她眼里,他也成了陌生人。至少她一次也没有回过头来看他。

符拉季米尔·谢敏内奇回到自己的房间,立刻挨着桌子坐下,着手写文章。

此后我就一次也没有见过薇拉·谢敏诺芙娜了。如今她在哪儿,我不知道。符拉季米尔·谢敏内奇却仍旧在写文章,放花圈,唱《我们欢乐吧》,为“莫斯科定期刊物撰稿人互助基金”奔走。

有一次他得了肺炎,卧床三个月,先是在家里,后来在戈里岑医院里。他的膝盖上生出一条瘘管。大家纷纷议论,说应该把他送到克里米亚去疗养,就开始为他募捐。可是克里米亚没有去成,他死了。我们把他葬在瓦冈科夫斯克墓园里,靠左边葬着许多演员和文学工作者的地方。

有一天我们这些写作工作者在鞑靼饭馆里坐着。我讲起不久以前我到瓦冈科夫斯克墓园去过,见到符拉季米尔·谢敏内奇的坟墓。那座坟墓已经完全荒芜,几乎跟地面平齐,十字架也倒了,必须把它修整一下,为此就得募点钱。……

可是大家听完我的话,毫不动心,一句话也没有回答,于是我一个钱也没有募到。谁都不记得符拉季米尔·谢敏内奇。他完全给人忘却了。